香港科幻巡礼

时空之王(卷二)

萧　源　著

科学普及出版社
·北　京·

图书在版编目（CIP）数据

时空之王．2/萧源著．—北京：科学普及出版社，2014．5
（香港科幻巡礼）
ISBN 978－7－110－08579－0

Ⅰ．①时…　Ⅱ．①萧…　Ⅲ．①科学幻想小说－中国－当代　Ⅳ．①I247．5

中国版本图书馆 CIP 数据核字（2014）第 058834 号
著作权合同登记号：01－2013－3859

出 版 人	苏　青		
责任编辑	吕　鸣	责任校对	赵丽英
责任印制	李春利	封面设计	香港皇者出版设计部

出版发行	科学普及出版社		
地　址	北京市海淀区中关村南大街 16 号	邮　编	100081
发行电话	010－62173865	传　真	010－62179148
投稿电话	010－62176522	网　址	http://www.cspbooks.com.cn

开　本	850mm×1168mm　1/32		
字　数	130 千字	印　张	6.75
版　次	2014 年 5 月第 1 版	印　次	2014 年 5 月第 1 次印刷
印　刷	北京玥实印刷有限公司		

书　号	ISBN 978－7－110－08579－0/I·369
定　价	19.00 元

（凡购买本社图书，如有缺页、倒页、脱页者，本社发行部负责调换）

目　　录

第一章　空　降

闪

邓丽君依然没在这世上出现过。

我用手机上网，找到了许多邓丽君，就是没有唱《月亮代表我的心》的那位。

时间管理局修改历史，不但把我和芊芊最爱的那首歌曲删掉，甚至，连邓丽君都被删掉了。

一切被改变了。

我看着不知什么时代的夕阳，坐在不知什么时代的高楼，然后站起来，朝不知有什么东西的下方跃下去。

在快要撞向地面的一刻，我启动了 iTime。

闪

由高楼下坠，碰上地面前一刻，我被转移到另一时空。

我仍然在下坠着。

我似乎是被转移到大气层某处，由高空往地面直降下来。

像《功夫》最后一幕，周星驰双手合十，如天佛降世般，冲向地面。

我全身已换上黑色战斗服，比“钢铁侠”变身还要快，手上的 iTime 闪着红光，不断修正下降位置。

“读出来。”耳际传来冷冰冰的声音。

我举起 iTime，闪现着一连串的数字。

平时这些数字，以极快速度闪动，肉眼并不能看到。

可是，人在高速下坠时，主观时间感觉会变慢，所以可以看到这些数字。

“634，554，872，112…”我大声读着表面坐标，冷空气灌入我的口与肺：“前往的地点是，俄罗斯莫斯科？”

“那是你们那时代对这城市的称号，100 年后，叫俄都。”仍是冷冷的声音，是雷霜：“心脏还可以吧？”

“你问这干吗？”事实上我的心跳得很快，自从去年机场一役，我看到奇怪的黑发少年的换心手术后，我的心经常疼痛：“不是有读数吗？”

“循例问问，就算心脏负荷不了，任务也要继续，机会只有一次。”雷霜道，“预备，半空直击，配备枪炮。”

下方只有一两点微弱的灯火，我仍在大气层中下降。相当高。

“目标？”我问。

“俄国军方高层，来此秘密开会，会议已进行到一半。这幢大厦只有 15 层高，本来不难炸，可惜他们在地下室，所以要用穿甲弹。”

“即是把整幢大楼炸掉？”我问道。

“放心，大楼是新盖的，还没入住，连工人也没有。”雷霜道，“最合你这种大慈大悲的‘在地人’心意。”

“我不是这意思，而是，”我奇道，“为什么要这么复杂？找人直接闪到会议室门口，放枚炸弹，不就可以了吗？”

雷霜沉默了一会儿。

“做不到。但凡时空关键点，对许多时间管理员来说，都是‘禁飞区’。”

“时空关键点，”我道，“这个我明白，但，为何我可以飞进‘禁飞区’？”

“我也不知道，我只知道，你该加速了。”

加速？

话音未落，我身后突然出现一声隆隆巨响。

滚滚云层中间，突然冒出一架歼－20战斗机，代号“飞鲨二型”。

银白机身在我身旁经过，我赶紧抓住机翼。

战机时速极快，达超音速几十倍。我的速度，在我抓住机身的一刻，由半空的自由落体，变成超音速。

这架“飞鲨二型”，也许在某时代执行任务中，却被雷霜调过来，为我“加速”。

“飞鲨二型”本来是横飞的，现在却直直地冲向地表。

不知驾驶员有何想法？

“够快了！”风力压得我面容扭曲，我靠TT战斗服保护身体，包括脸部，平常人在这高速下，血液无法涌到眼球，双眼会暂时看不到东西，继而休克。

下一秒，我放手。

战机消失，回到原来时空。

下方已隐约看到目标大楼。楼顶的红光在闪。

“装备传送！”我道。

肩上，随即多了一台手提式电磁炮。

我下坠的速度已经达到343米每秒。没问题，再快也可以，我在暑假所受的训练，远比这辛苦。

在音速下，我发射手提式电磁炮，炮弹再以音速击出，够快了，给力！

轰！

大楼连地下室，垂直毁灭，不留活口。爆炸经巧妙处理，只有大楼被消灭，旁边民居没被波及。

任务成功。

我又改变了历史。

我降落在另一幢大厦平台上。

“我知道你在想什么，”雷霜道，“你在想，你杀掉的，是否十恶不赦的人？”

我没说话。

“我可以告诉你，不是，”雷霜道，“而且，当中不少文官武官，是民族英雄，对人民很不错。”

“但我仍要杀掉他们，”我胸口升起一股闷气，“因为他们当中，有些子孙是影响世界的野心家或独裁者？”

“也不是。”

“那么？”

“公元2230年，俄罗斯首都，俄都某区大楼，发生神秘爆炸，超过三分之二的俄罗斯军方高层官员，于该处进行秘密会议，在你的攻击下，无一生还。”

我静静听着。

“俄罗斯军方高层，进入真空状态，运作几近停顿，一个月内，土耳其自西入侵，日本带兵进入俄境，世界局势从此改变。”

“为什么会这样？”我惊道，“我们的‘微调’，不是要带来和平吗？怎么会引发起战争？”

“你早晚会明白。只要你能够一直维持突破‘禁飞区’的能力。”

我不明白。

“多少人能像我这样突破‘禁飞区’？这个可以说了吧？”

雷霜又静了一阵：“只有你。”

第二章　长江·涩谷·跑马地

闪

长江，位于中国境内，全长 6380 千米，仅次于亚马逊河和尼罗河，是世界上第三大河流。

滚滚长江东逝水，浪花淘尽英雄。

眼下，英雄只有我们几个，长江江边，却住了千千万万的平民。

“你知道中国经常发大水的原因吗？”穿着一身时间管理员战斗服的雷霜突然问道。她站在江边好久好久，看着如同万马奔腾的江水，轰隆轰隆流过。

同样穿着战斗服的我，也看了好久好久，不过有时会偷看她。

从这个角度看过去，傲立于江边的她，一头长发舞动，妩媚的眼神中带点高傲，别有一番动人感觉。

那种美，不属于任何时代，超越任何时代。

比起芊芊或林法拉，又有所不同。

我看得入神。

直到前方轰隆一声。

堤岸又溃决了。

愈来愈汹涌的河水，涌向遥远的前方的数座小小村落。

村落住满了人，已收到消息，快速疏散。

可是，怎会比涌来的江水快？

“每年共有 50 亿吨土壤淤积在河床，河浅了，水一冲过来，势极快，一发不可收拾。其实，‘时间管理局’应该设立专责小组，把河床的泥土转移去其他年代，譬如北面的沙漠，需要大量湿润的泥土……”雷霜一本正经道。

“你的 iTime 不是有‘移山填海功能’吗？”

雷霜不屑道：“这么大型的操作，不是胡乱可以使用的。”

“还不是要等你爸爸批准。”我一语中的。

雷霜瞪了我一眼。

“等不及了，转走河床泥土，不如转走江水。转走江水，不如把人转走。问题是，我们不断把这座村子的人转走，但人手不够，灾民坐标难找，你爸爸还没决定吗？”我在雨中大叫着。

雷霜摇了摇头。

“根据资料，还有不到半小时，长江水位会再涨 5 米，下游那边也会决堤，前方的大柏村就会淹了，死亡率将达百分之百，然后江水会长驱直进，汇合另外几条暴涨江水，冲进下游的大城市，后果不堪设想。”我道。

“爸爸说，对历史要有宏观的看法，挡不挡得住大水涌进大柏村还是其次，最重要的是，大水不能冲进大城市，或破坏国家整体经济发展，影响国力，这才是时间管理局最关心的。”

“那灾民呢？”

雷霜没回话。也许不知怎样回答。

我知道她嘴硬，但无论如何也是关心大柏村的村民的。

我们用 iTime 把自己准确送进村，找到一个又一个村民，搭着肩膀，一个个转移到安全地点，来来回回，动作再快，也根本不够时间把全部村民找出来送走。

很累。我们一次又一次消耗体力，一次又一次用 iTime 把体力恢复顶峰，身体强壮，但精神萎靡，感觉更苦，我相信雷霜也一样。

“时间管理员”有很大能耐，凡人绝不能与之匹敌。

然而这次面对的，却是大自然。

雨继续下着，支援着怒吼的江水，天与地被雨水连接成一片，视野蒙蒙。

闪

雷炫吃惊地看着全身湿透的我。

当然了，现场的阳光猛烈又恶毒。

气温高达 38 摄氏度，柏油路面热得几乎融化，要是有谁不小心跌倒在地上，皮肤准会黏在地面，严重烫伤。

不过，在早上 9 时的涩谷十字街头，每个东京上班族都脚步匆匆，没有人会有空跌倒。

当然也没有谁会刻意停下，关心头发梢仍在滴着雨水、刚从雨区转过来的我。

“如何?”雷炫问道。

“什么如何?”我头也不回。

“我问你灾区如何?!姐姐如何?!”雷炫吼道。

“极严峻。你姐还好，只是累。”我没好气地回答。雷炫坐上时间管理局的第二把交椅，总以为自己是行动指挥，实际上不过是这队工作小组的一员而已。

“你爸到底在搞什么？要我们到处救灾，人手却严重不足！”

“别什么你爸的，他是雷大统领。”

哼。我管他是谁！

“这两人站在路中心干什么？又是什么广告宣传吧？镜头在哪儿？”身边一对穿着古老 Loletta 的女子指着我和雷炫，叽叽喳喳说道，全赖手上的 iTime，我才听得懂日语。

“喂，别站在马路中心！”一位西装笔挺的中年男子边走边向我们喝道。

十字路口的人群渐少。

绿灯。

红灯。

车子在眼前呼啸而过，路旁渐渐积聚起等着过马路的人。

“你们不热吗？”穿戴整齐的日本警察看着一身紧身黑衣的我们。

“不，这是最新的 Nike 汗衣，很舒服的。”雷炫以标准的日语打发他。

当然，我们身上穿的，是时间管理员恒温衣。

“对不起，我想再确认一下，”我一脸焦急，“因为不是晚上，我没法凭星座位置校对身处时代……我想问问，这里是什么年代？”

警察摇摇头：“唉，又是你们这些年轻人，你们搞什么？拍电影吗？”

我更急了：“不不不，我想确认一下年份，如果这里是 2018 年 8 月 8 日上午 9 时的东京涩谷，这就对了。”

“你的电话看不到时间吗?”警察道，“早过了9时呀。”

我紧张道：“一会儿出现的巨大能量，恐怕会使iTime出现偏差。现在正确时间是?”

“我真不知道你们这些年轻人说什么，”警察皱起眉，“你要看时间，就看看车站大堂的巨钟吧，够准……”

我慌忙仰首。

涩谷车站的巨大广告牌上，有着与木村拓哉有点相像的男星的香体喷雾广告。

广告下，巨型时钟。

即使相隔那么远，仍可看到时间。

9时——

23分。

“天啊！时间不够!”我冲出马路，雷炫想喝住我，一辆跑车连忙刹停，响起刺耳的声音。

“你在干吗？这是红灯啊!”警察也大吃一惊，欲拉我回来。

“攻击在9时25分发生！灾难指引是，能救多少便多少……”我挣脱了警察。

跑车司机不住按喇叭，明显很心急，也许赶着要到机场，一盏红灯也不能耽搁，可是眼前被我这黑衣人挡住去路，他……

24分。

叮。

红灯。

绿灯。

十字路口行人绿灯，一下子全亮，赶着上班的日本人，以各种角度直线横线斜线，走过巨大的路口。

一瞬间，整个路面全是各种各样的人。

包围了我和雷炫。

包围了路中心的跑车。

包围了愤怒的司机。

“你这小子！你……”司机下车大骂。

“想打架是不是？”雷炫走上前，打架，这金发小子的最爱。“笨蛋，我们将会是你的救命恩人！”

看着雷炫手上刚调校好的 Tolex 数据，我则调校着 iTime。

没错，只要按下，就可以进行大型转移。

我的首次大型任务，大型能量运用，大型的人口转移。

是救灾，也是实验。

“你们要尽可能救最多的人，”雷大统领的声音在我脑海响起，“虽然只有你们，但凭 iTolex 及 iTime，还有你俩体内的时能，我认为可以做到。”

马路方格上人来人往，有些人才刚踏出马路，有些步伐快的已经走到对面。

上班族、水手服少女、学生、潮人、情侣们、游客、推着手推车的母亲、老人家……

各式各样的人，塞满马路中心这巨大的方格。

“警察先生，”我回头道，“请过来，我带你一起走。”

“小子，我不管你在干什么，我告诉你，你刚才差点搞出交通意外……”

警察还在骂，雷炫竖起中指：“闭嘴。”

我俩同时按键，我的心又疼痛起来。

“砰”。

整个涩谷的十字路口周边，同时爆起幽幽蓝光。

蓝光如巨幕般笼罩着十字路口，一闪即逝，快得来不及让人反应。

凡是身处十字路口的群众，全部随蓝光凭空消失。

那一辆跑车，也消失了。

可以想象，警察一定像见鬼般，看着空无一人的巨大方格路面，所有人被抹掉。

可以想象，余下的人，发不出任何声音。

他们也不能，因为更加令人无法理解的景象，将自半空出现。

白色眩光。

后世称为核弹的闪光。

8 月 8 日上午 9 时 25 分，日本东京，遭受核子打击。

闪

穿着蝴蝶结无袖背心、短白裙的雷霜，站立在装饰得金碧辉煌的大堂。

这大堂，铺设名贵石材，墙身嵌贴高级大理石到顶，天花板设金身豪华吊灯。

单是这吊灯，已不知多少钱，还有金银墙身，每走一步都看到墙上金银色变化，自大厦入口到电梯共 36 步，每一步，皆看到金银变幻。

雷霜与电梯之间，站了两位不耐烦的接待员。

两人一身黑衣。

一人黑发。

一人金发。

那就是……我和雷炫。

女子身后，一个物业管理员气急败坏地追上来。

“小姐，我们刚才不是说了吗？如果没有预约的话，本楼盘暂时是不开放给外界参观的……”

女子没有回话，高傲地察看着四周。

“小姐……”

“预约？你要我雷霜预约？”雷霜娇叱，继续走上前，向电梯方向走去。

“雷小姐，这楼盘‘观星阁’刚刚开卖，内部认购早满了，今天加推，就只加推三间，老板说过，没有预约的一律不准入内……”

雷霜站定，一脸高傲。

“你要我穿梭时空回去几天前打电话预约，然后再穿梭时空回来这里参观吗？”雷霜一双娇目看着对方。

我明白雷霜的怒气，眼睁睁看着灾民死掉，自己无法一一拯救，那种感觉很无助。

大堂里人人默不作声。

那追上来的物业管理员不知如何是好。

“雷小姐，我实在不明白你的话，还是……”

“让开。”

说话的是一位男子，只见他穿着合身好看的黑条子西装，脚踏名贵漆皮鞋，头发梳得一丝不苟，缓步走到雷霜身边。

“你们怎么可以这样对待这位小姐?”男子温柔地说，露出灿烂的笑容。

我知道，男子是恒春地产老板李兆诚独子李长治，身家500亿，这座观星阁是他父亲旗下的地产项目。

“雷小姐天生丽质，美艳不可方物，来到我们的楼盘参观，简直令整幢建筑生辉，我们开心还来不及，又怎会要求预约呢?”男子嘴里不住赞着，不时打量着雷霜的高挑身材，还有短裙下的白皙长腿。

雷霜眉毛也不抬一下，然后冷冷地道：“闭嘴。”

男子身边的经理们吓得面无人色。

“雷小姐不是要参观楼盘吗?”李长治毕竟是泡妞老手，反应极快，即时转移话题解困，“这边有专用电梯，请。”

雷霜径自走进电梯，李长治随即进入。

一直在旁的两位“接待员”，即我俩，也紧紧跟进。

“你们——”李长治皱眉。

“我弟弟，和助手。”雷霜道。

我是助手?

“雷小姐刚从外国回来香港吧?以你的出众外表，一定是哪位富豪的千金了，怎么没在派对上见过你?”李长治紧盯着雷霜丰满的胸脯。

“笨蛋，你当然没见过我了，我来自未来的呀，我在你们的时代最少2000年后才出生。”雷霜道，“还有，我要去顶楼。”

我看着李长治，暗暗觉得好笑。李长治一定觉得，雷霜不像其他女孩般，对他这位恒春集团的公子百般奉承，难度高，值得挑战。

“啊！”雷霜如小女孩般惊呼。

玻璃电梯外，香熟夕照，整个城市发出金光。

李长治正想说话，谁料雷霜摇着头道：“半个世纪前的经济学家，任他们经济理论如何高超，都无法解释这时代这城市的畸形楼价现象。”

“小姐一定是念经济学的了，哪间名牌大学？”

“是经济学家佛利民亲口告诉我的，他们是时间管理局的经济部顾问团成员。”

“佛利民？不是已死了吗？时间管理局是什么？”

“总之，这个时代，乃后世经济学家重点研究的经济时代。我看你什么也不懂，你父亲李兆诚什么也没告诉你吧，猪头。”

李长治呆了呆，也许除了父亲以外，他第一次被人称呼作猪头。

李长治在雷霜面前毫无反击之力。一切吸引女性的条件荡然无存，在她面前，他就像个小男孩。

我和雷炫在旁打了个眼色。忍笑，好辛苦。

“不过做生意就是这样，每个时代都一样。”雷霜喃喃道，“像爸爸般，把这个时代过剩的货品，送到另一个极度缺乏这种货品的时代。”

“你爸爸也是搞地产的？”

“省点吧。我们做的可大多了。”

“譬如?”李长治扬扬眉。

“譬如，现在我们手上的一个任务，是要把水灾中的巨大水流，转给干旱的沙漠地区人民。”

“怎么卖?”李长治傻傻的。

“极简单的时空转移。”

“不明白。”李长治索性放弃，“利润很大?”

“很大。不过不是金钱。”雷霜看着电梯数字差不多跳到顶层。

叮。

“雷小姐，”李长治道，“还是让我为你作楼盘介绍吧?”

“不用了，李公子。你在你的时代是位条件很好的男性，不过不是我喜爱的那类，你只是个‘在地人’。”雷霜道。

“那么你喜爱哪种类型?”李长治不放弃。

“有能力的人。”雷霜道，“我的父亲就在里头开会。先走。”

“开会?”李长治失笑，“没可能的，那是楼盘总部，而且没我批准，没任何人可以入内。”

“不用你批准的。”雷霜径自走出电梯，“我们已和李兆诚谈过，他很乐意把物业借出，进行超大型建筑物的时空转移测试。”

“你和爸爸谈过?”李长治像个笨蛋，“什么时候? 借什么物业?”

“这幢。”雷霜立定，首次露出迷人笑容，并从名牌爱马仕手袋中掏出一只 iPhone——当然，那其实是 iTime：“同时，由于洪水淹浸范围很广，我们的小组打算顺道把你整幢大厦都借来一用。我们会使用‘移山填海’功能，把整幢大厦直接转移到灾区山头，救人后很快便会离开，而且我们只会在晚上借用，消失几分钟，不会引起大问题的，你介意吗？”

我们越过傻傻的李长治。

香港最贵的楼盘。观星阁。顶楼。

示范单位，早变成豪华的会议室。

两边的落地大窗，本来是香港温暖迷人的黄昏景色，可是，这时却换上了两幅截然不同的景象。

左方窗子是压得低低的乌云和暴雨，一条长长的浊黄的河水，如狂龙般嚣张地冲向前方蒙蒙水汽。

右方窗子却是一片人间炼狱，建筑物全倒下来，烈火冲天，全身烧伤的人在嚎叫，远方火红的蘑菇云冉冉升起。

“各位，恕我未能带各位到现场，只能在此观看直播——其实也一样，时空电视十分清晰，要看哪个时空的景象，尽管告诉我。”

说话者身穿银色镶边的墨黑军服，挂着橘红色的 TT 肩章。

他就是时间管理局的局长，人称雷大统领的雷达之。

至于会议室里的其他人，大部分都是穿着黑色战斗服的时间管理员。

我、雷炫、雷霜，随意找了个座位，坐下来。

半秒间，我们三人悄悄地换上黑色战斗服。

门关上以前，是李长治在门外的白痴表情。

房间内一位穿西装的胖子，脸上堆起笑容，眼神难掩紧张。

他就是香港首富李兆诚。

窗边站着的，是犹豫不决的两人。

“他们是？”我问雷炫，雷炫不屑地回答，露出一个“你连这也不知道”的表情。

“中国的总理先生，还有美国的总统先生，”雷达之彬彬有礼，“我明白你们要考虑的是什么。与一个要许多年后才出现的超时空机构签署法案，而法案内容又如此奇怪，你们确实很为难。”

两人默不作声。

“不过，我想跟你们说，我们跟每一个时代的最高领导者接触过，大部分对我们时间管理局的看法，是十分正面的，我们成立的宗旨是：‘为最多人谋求最大幸福。’如果你是一位明主，就该选择与我们合作。”

“我不明白。”中国总理道，“你们既然有穿梭时空的能耐，为什么仍要与我们合作？虽然我们在自己的国家位高权重，可是毕竟只是个平凡人类。”

“你说的话，一半对，一半不对。”雷达之道，“首先，我不是有求于你，我们只是通知你合作模式，其次，由于你们地位超然，是一国之君，如果你肯动员贵国资源，配合时间管理局，对我们的各种行动将会大有帮助。”

“要是我们不答应呢？”美国总统沉声道。

“那么我会把你换掉，换另外一位合作些的。”

“或者，我明白你为什么要找上我们了。”美国总统忽道。

雷达之扬了扬眉。

“你怕有其他人会回到过去修改历史，致使时光机不出现，导致你们不能出现、时间管理局不出现。所以，你特地回到各个时代，与各个时代的领导人达成协议，要我们倾全国之力协助你们，监察有没有人乱闯时空、破坏历史或私下发明时光机之类，”美国总统续道，“并依你们心中所想的历史蓝图发展，协助哪些人出现，哪些人不出现。”

“啪，啪，啪”。

雷达之拍手。

“不愧是美国总统。你猜的与事实很接近。”

“可是……”中国总理仍一脸狐疑，“为什么要这样转折?”

我也有相同疑问。

雷达之不作声，摊开双手。意思再明确不过：你们都是聪明人，答案由你们来说吧。

中国总理吸一口气，道：“在我们世人眼中，穿梭时空是种无所不能的超能力，有这种能力的人，可以为所欲为，何况你们是一整个机构……”

雷达之仍然微笑。

中国总理说下去：“不过，你们跑到各个时代，进行‘微调’工作，或修改历史……之类，却不得不花上巨大的人力物力，单是人手就不知多少，还未计管理、能源消耗……”

美国总统点头，续道：“所以，你们宁愿与各个时代的主要领袖达成协议，你们把时空穿梭的秘密、时间管理局的存在告诉他们，然后指挥这些熟悉自己时代、拥有大权的领袖，代你们进行这时代的‘微调’工作，让你们省工夫，对吗？”

“有时候我也会找上该时代的富豪帮忙，调动调动资源。”雷达之说道，旁边的李兆诚赶紧堆起笑脸。

“这是‘外判’，外包，很合理。在成本计算上，派大量时间管理员走到每一时代、每一角落执行任务，不如交由各时代皇帝、总统去做，更为划算。”中国总理说。

“我们的祖先也应允了吗？”美国总统道。

“多年前早应允了。否则怎么会那么强大？”雷达之反问，“当然，我们会付酬金，基本上你要什么都可以。金钱？名誉？子孙千秋万代有好的生活？如果是这一点更好，你的后代一直是该国领导者，代代为我们执行任务，熟人易说话，对不？”

中国总理与美国总统默不作声。

“或者，你们要的报酬，不一定与个人有关，”雷达之俯身向前，“你们想要，自己的国家永远强大？”

中国总理看着窗外的大雨，有点激动：“是不是我与你签订条约，以后的每一任总理都要听从你们时间管理局的秘密指令，执行各种任务，你就可以保佑我国平稳发展，没有大灾难，避免生灵涂炭？”

“保佑？我喜欢这个字眼。”雷达之道，“没错，我保你们千秋万世，一直强盛。”

中国总理看着美国总统。

“好吧。我答应。”中国总理道。

“好。”雷达之道，“那么，21 世纪至 22 世纪，我们‘微调’的‘世纪代理商’就是中国了。要完成的任务指引，我们会在适当时候送到中南海。”

“我也答应。”美国总统道，“但我要知道你‘微调’背后的蓝图。”

“哈哈哈哈，果然是美国人，是开创宇宙史的民族。”雷达之拍手笑道。

“什么是开创宇宙史?”我低声问。

“美国人登陆月球那一年呀，这都不懂。”雷霜狠道。

“整个‘微调’、文明计划，大得你没法想象，你只是一时一地之人，何必知道?用汉语来说，就是‘夏虫不可语冰’。”

美国总统脸上一阵红一阵白。

“除非，你是时间管理员，还要是万中选一那种。”雷达之忽而望向我。

众人也望向我。

我什么都不知道。

然后，雷达之站起来，徐天生站起来。

全体时间管理员起立，一一消失。

“还发什么呆?散会了，许多工作等待我们做的。”雷霜道。

闪

回到长江边。

洪水没有消失。

“不是说会减少我国的天灾吗?”我在风雨中叫道,“怎么大水还在?!”

“大水会在过了大柏村后,马上停止。”雷霜语带无奈。

“什么?”我惊道,“那么大柏村的村民呢?”

“时若飞,看手机吧。”雷炫拿起 iTolex。

我也赶紧看着 iTime。

21 世纪至 22 世纪,时间管理局“微调”的“世纪代理商”为中国。

为确保中国有足够国力,为时间管理局提供一切服务,我们必须让其国力一直处于顶峰,其中一个方法,就是减少天灾人祸发生。

我们会提供科技,改善北京沙漠化的情况。[见附件 1077]

……

为减少国家负担,我们会把处于贫穷线以下的人口都删除掉,这些贫民,不会为国家带来贡献,相反,每年会消耗国家大量资源,同时令国民生产值降低……

利用天灾,进行手术刀式的删除人口方法,是首选,效果最佳。[见附件 30882]

……

坐标及名单:

大柏村贫民人数……

……

这叫作最多人得到最大幸福吗?

这就是历史的宏观看法吗？

我眼眶湿润欲滴，记得舅父的话。

有位小孩在海边，努力地把一片片被冲上岸的海星掷回海里。大人问：“海星，有谁在乎？”这时小孩拿起一片海星，说：“这个在乎，这个也在乎，还有这个……”

我在雷氏两姐弟的惊呼声中，自岸边一跃而下，“噗通”一声，向江中几个几近没顶的灾民游去。

“时若飞！”雷炫大叫。

“笨蛋！”雷霜道。

这只是我隐约听到的两句。

水里，太吵了。

我在汹涌的江中，除了把自己主观时间加快，不断游动，对抗水流之外，手上的 iTime 更不住喷出蓝光。

蓝光所到之处，冒出大量水蒸气。

我把水分子的时间不住推前，变作氧气。

我的上半身水汽氤氲，下半身仍沉在江中，不过总算比起游泳更快。

我抓住了一位灾民，随即“闪”到岸上。

被救者死里逃生，我来不及听他道谢，又跳进江中。

为什么我不使用“被动式时空转移”？没有办法，我真的无法瞄准大水中的灾民。电影《星空奇遇记》中就有一幕：太空船上的操作员，欲把地面的人传送回太空船上，可是由于发生地震，目标人物东歪西倒，没法瞄准。

无法瞄准，就无法传送。

我知道雷霜和雷炫也试过，不过有一件事却令我很心酸。

他们一定是看过这区居民的“历史影响指数”，发现大部分灾民都是“0”，是以大大减低了救人的想法。

也许，是他们的爸爸，阻止他们做无意义的事。

还有一位灾民，被冲到前方老远。

我实在无法准确地把自己转移到那位灾民身边。

我只能不断游。

周遭的水，不住变作水蒸气，可是更模糊了视线。

试试这样吧！

iTime 再度喷出蓝光。

水流慢了下来。

温度急降。

整条江水像凝固了般，泥石缓缓浮动。

我把水的时间推后，冷却成冰。

我猛地跃起，在冰流上奔跑。

我终于抓着那人。

同一时间，我的 iTime 光芒消失了，所有冰化回流水！

后方的水群，以千百倍速度，汹涌而来！

我被卷进江底。

漆黑一片。

江里，太混浊了。

我看着 iTime，再也没有闪动。

我从来没想过，iTime 好像是不防水的。

真好笑的想法。

还是，我看轻了这道长江？看轻了大自然？抑或，我根本不该救人——我看重了自己？

数秒以后，头顶光亮大作。

阳光照到我身上，水从我身边分开。

我与那灾民躺在江底泥淖里，看着周遭的奇异景象。

两边的巨大水墙，渐渐分开。

陡峭的水墙高达数十米，被无形的力量硬生生推开。

雷霜，双手各一 Tolex，浮在半空。

移山填海功能！

同一时间，水墙如高楼崩溃，而我就在高楼最下方。

雷霜再按 Tolex。

突变陡生。

我突然感到自己连同脚下的河床，不断上升，成为一座冒起的小山。

速度极快，水墙淹来，只能追及在旁，愤怒地拍打在山边。

河床升至半空，整个河底升高了，成了一座高耸的山头！

众人就在山下，抬头望我，凶猛的流水被山堵住，不满地在后方徘徊，开始积成小湖，而我身处这座“山”，变成小岛。

雷霜自半空跌下来，雷炫慌忙接住。

“姐！”雷炫向我大叫，“她用了‘移山填海功能’中的‘愚公’！”

我呆了呆，这是“愚公”，那么，刚才把水分开的，该是“摩西”了。

而雷霜为了救我，连续使用了两次。

不，是三次才对。

因为，这江边山势险要，几乎没有多少站立的位置，却无端出现一巨大物事。

簇新的楼盘。

观，星，阁。

雷霜把楼盘转过来，拯救灾民。

“连‘挟泰山’都用了。”雷炫摇摇头，“姐也真是的……”

“谢谢你们。”我道。

“你这小子也真是，为救人这么卖力，时间管理局少有新生这样。”雷炫道。

这是我最后听到的话，我全身乏力，心脏痛得像被谁用手紧紧抓住。

我消耗太多了。

iTime 早已显示“跳跃次数”为“0”。

而我手上的掌纹的火光逐渐隐退，只不过，那火光是蓝色的。

“进去吧。”我向小孩指了指楼盘，“欢迎莅临，香港豪宅。”

第三章　雷　霜

闪

这次任务后第二天，我留在时间大学的宿舍休息，完全没气力去参加开学典礼。

而下午，我又收到了任务——奇怪的“任务”。

闪

“我到了。”“砰”一声，我现身于楼梯上，与人潮一起，拾级而上。我设定了“流水模式”，这与“无人模式”的分别，在于“无人模式”是周遭没人，“流水模式”是周遭没人留意。

我的出现，刚好是周遭的人没有留意的那半秒。

你总不成经常要像“未来战士”般，裸体出现在后巷吧？

套用黄景亨教授的话：我们要像水点融入大海，不着痕迹。

“迟到。”雷霜站在楼梯尽处。今天她穿着黑皮褛，涂上黑色甲油，画上黑眼线。好些男士回望，有些更吹了吹口哨。

她完全没理会，只顾喝道：“时若飞，你又去了什么时空？你不会心脏弱到不能穿梭时空吧？”

“2018 年。”我强忍怒气，“是你说要看《星球大战》电影大结局的。”

“这不就是《星球大战》大结局吗？”雷霜指着身后的

电影院海报。

“你知不知道这套片子共有9集，拍摄及上映时间，横跨50年？我怎知道雷家大小姐你说要看哪一集？”我没好气。

“我要看结局那集！”

“结局那集就是第九集。”我道，“你身后那海报上的，是第三集，只是前传的结局，而不是整个系列的结局。”

“好烦。你到了以后看不到我，应该搜寻我的坐标，然后马上过来。”

“我不就是马上过来了吗？”

“可是迟了10分钟。”

“雷大小姐，小弟时若飞用的是时间管理员的iTime，标准装备，穿梭10年的时空，标准时间10分钟，哪像你手上那只Tolex，运行速度比我快好几倍呢！”

雷霜的脸像鼓胀了的皮球，玉颊霞烧，说不出话来。

我估计没有谁敢反驳她，除了我，我才不买她的账。

这次的“任务”，是与她到这时代，看指定的几套经典科幻电影，当作上理论课。

“你买爆米花、汽水。”雷霜指了指身后，命令我，“然后我们穿梭回10分钟以前，进入电影院，那就不会错过任何场面了。”

真是。

完全滥用科技。

闪

与雷霜的相处，可以分作衣、食、住、行几方面来探讨。

喝红酒时，开瓶后要透气两小时，方是最佳状态，她用 Tolex 一照，两秒就可以喝了。

吃牛排时，想熟一点，又是用 Tolex 一照，完成。

更离谱的是——

“这是什么？”

我看了看她的碟子：“好像是菠菜。”

“味道好怪，”她说，“我不吃。”

然后居然一照，把整份菠菜转移到我的碟里。

我俩的距离，不到半米。

我终于忍无可忍：“是谁教你这样的？”

“什么谁教我这样的？”雷霜抬头。

“我说，谁教你这么滥用时光技术的！”我大叫道，餐厅周遭的人都望过来。

“滥用？”雷霜暗笑，“看来你还很介意上次任务的事。”

我放下刀叉。

“时若飞，我跟你说，我不知道什么是滥用。基本上，任何人掌握穿梭时空如此高端的技术，他怎样做都会被人说成滥用，但我肯定爸爸不是。”

我扬了扬眉。

“没错，通过天灾，把国家贫穷人口减少，用来让国家经济加速恢复，在你来说，是很残忍。可是，只有这样，才能用短短 300 年时间，把国力推向高峰；否则，挣扎 1000 年也无法跻身强国之列。”

我静静听着。

“何况，那场大雨根本不是我们安排的，只是我们没有出动去驱散雨云罢了。”

“那已经不对了。”

雷霜放下刀叉：“如果，某天核电厂要泄漏辐射了，核反应处理小组驾车前往，准备关掉核电厂装置，却在路上看到一个受伤的人在呻吟，请问这个核反应处理小组，要不要动个恻隐之心，停车先为伤者包扎，然后再驾车去核电厂?”

“这……”

“说起核电，你一定会问，为何让日本承受核爆而不阻止。”雷霜道，“你还记得那次你从半空直击，杀掉俄罗斯高层吧?”

我点点头。

“根据这样的历史发展，俄罗斯将会崩解，然后土耳其和日本发动侵略，许多国家瓜分西伯利亚。当中以日本最聪明，也可以说是最激进：日本人发射导弹，把美国的卫星武器毁掉，一夜之间，美国在全球的最大战略优势没了，世界陷入恐慌。”

“这不是引发了第三次世界大战吗?”

“确有第三次世界大战，但要在许多年后才出现，而且是毁灭性的。这一次日本的举动虽然导致人心惶惶，但文明发展到某一程度，对大型战争、动用核武器等十分忌惮，即使是美国和日本，也只是想在牌面上重夺主导权和威慑权而已。”

“然后?”

“然后，两年之内，美国开发了更先进的太空卫星系统，其他各国也因为进入紧张状态，投入大量资金研发科技，互相竞赛，间接促使人类整体文明大跃进。”

“那么日本……”

“美国取回主导权后，还是让日本吃了一记小核弹，虽然在东京投放，但在高空爆炸，死亡人数没想象中多。”

“接着……”

“接着到日本第二度奋发图强。20 世纪时日本广岛长崎吃了美国两枚核弹，几百年后又吃了一枚，自此日本努力，促使日后国力到达顶峰，出现世界黄金时代。”

“国家之间，比拼国力，如此追来追去，不累吗?”

“不会。正是互相竞赛，不用 2000 年，整个地球的科技文明发展大大跃进。”

“比起没有‘微调’之前呢?”

“没有我们‘微调’的话，人类要差不多 8000 年才有如此成就。不过，等不到，已经灭亡。”

“灭亡?”我奇道，“为什么?”

雷霜没正面回答：“总之，要赶快，否则，来不及。”雷霜道，“这句话是爸爸常挂在嘴边的。”

我在思考着。

“你成年了吧？可以喝酒吗?”雷霜带点挑衅地看着我。

“当然可以。”我指着一瓶红酒，“打个赌，你如果肯放两个小时再喝，味道准不同。”

“两小时？容易——”她又举起 Tolex。

我挥手叫停。

“好吧。”雷霜放下 Tolex。

接下来，我们又谈了许多事情，其实她也蛮健谈的。富家女，四处走，见识多，当然话题多，我也听得津津有味。我是穿梭时空初哥，只得作个听众，偶尔说说自己的时代。

但不管怎样，她和我一样，也是超人。这世上我认识的超人不多，我是孤独的，有了她，不寂寞。

两小时后。

“好喝吧?”看着她的表情，我洋洋自得。

“还不是一样。”

闪

“先生小姐，海蛐肉要等大约 15 分钟。”穿着复古装束的侍应礼貌地说。

明显地，雷霜和我一样，不太关心现在的时空坐标，她举起 Tolex，准备把那 15 分钟快速流逝掉。

我不信她肚子饿成这样子，我只知道她没耐性。

我一把抓住她的手。

“你干吗?”她大力挣扎。

我在她的表面按了几下。

时间以慢速流逝，周遭所有人的动作都慢起来。

本来 15 分钟的时间，变成了整整 45 分钟，3 倍速。也就是我对付小强那招。

海蛐肉上桌时，我俩早已垂涎欲滴，大口大口地吃着，仔细仔细地咀嚼。

好满足。

闪

行。

“你们的时代，好有趣。”雷霜与我坐在小巴后座，“我没翻译错的话，这条路叫作‘龙翔道’，然后下方是‘深水埗’。”

“那又怎样？”

“龙在天空飞翔，下方是很深的水，好有意思。”雷霜赞叹。

“嗯……”听她这么一说，真的觉得有意思。

“我们那时代，都是叫123街，一区二区，哪有这般诗意。”

我耸耸肩。

“今早我们不是坐港铁吗？香港有个站叫‘彩虹’，可是却看不到彩虹；有个站叫‘钻石山’，但没有钻石；还有将军不是一个军人职位吗？居然有个地方叫‘将军澳’……”

旁观者清。

我要赞赏她，因为她今早肯放弃SM（Space Move，空间转移），与我坐地铁，现在又与我坐小巴，对这位雷大小姐来说，不简单。

“肚子饿了，走吧。”雷霜在我沉思时道，“砰”的一声从小巴里消失。

我赶忙看看——我们居然没有设定“透明状态”！

即时别人有机会看到我们消失的！

任性。

闪

还有。

我们看烟火表演。在南半球的新西兰。

10！

9！

8！

7！

雷霜拉起我，“咻”一声，朝西进发，来到澳大利亚。

10！

9！

8！

7！

然后又是“咻”一声，闪到另一国家印度尼西亚。

我们在同一个地球表面，持续向西移动，在不同的城市中倒数，迎接新一年来临。

然后，我们绕了地球一周，停留在最热闹的美国时代广场上倒数。

3！

2！

1！

Happy new year！2011 ！

我们作时间转移，在美国时代广场同一个地方，为下一年倒数。

3！

2！

1!

Happy new year！2012！

3!

2!

1!

Happy new year！2013！

……

Happy new year！2030！

不断倒数，不断享受欢呼。

我们每次只转时间，不转空间，为方便起见，我们站在商店边的一杆街灯下。

每次我们倒数，都看到另一杆街灯下，一对情侣在拥吻。

我们不老，情侣，一年一年渐老，但拥吻不变。

看到这儿，我心跳加速，有点不自在。

雷霜却怔怔地看着。

她胸脯起伏，紧咬下唇，有点紧张。

然后，毫无预兆地，她走过来，踮着脚，眼睛盯着我的嘴唇，轻轻吻下去。

“你干什么!”我大吃一惊。

“好冷。”她一本正经，“你的嘴唇。”

“当然！天气冷嘛！TT战斗服又不会长到嘴边!”我大叫，“你们雷家都这么大胆吗?”

“这样很大胆吗?”她奇道，“他们每年都这样做啊，而且很多人都这样做。”

我们假装没事，继续在时间洪流中，看这对情侣每年到来，拥吻。

直到某年，他们没再来，我们也意兴阑珊，停止倒数。

雷霜有点儿累了，把时间调校到这年11月的某一天。

街上冷冷清清的，没什么人，我们索性坐在路旁。TT系统自动为我俩的黑衣“长”出一件皮褛，雷霜那件还有些好看的鬃毛伸出来，分外娇俏。

“你一直都是这样的？”

“我一直都是这样的。”雷霜喷出一口白烟，“我爱热闹。有什么问题？”

“我是说穿梭时空，这样好吗？”我把多日来心底的话说出。

“爸爸开发的iTime系列，很环保，没听说过有什么环境污染。你有什么担心？”

任何东西都唾手可得……那种奢华的为所欲为的感觉，很奇怪，不是负面，但绝不是正面的。

秋夜特别寒冷。心情，不知为何。

同样是秋天，那年，时代广场。不是美国的，是香港的。

不可能回去了。

禁飞区。

人也变了。

突然间，一阵温暖传来，是雷霜执起我的手，冰冷的手。

她定睛看着我，似想看穿我的心事。

“在想谁?”

“没想谁。”

“爱人?”

“不是。”

“仇人?”

“不是。”

“如果是仇人，我可以回到过去，把他，或者小时候的他，杀掉。”

我失笑：“爱人呢?”

“更简单，”雷霜狠狠道，“你的爱人，我可以回到过去，把她，或者小时候的她，杀掉。”

我呆住了。

“说笑罢了，别胡思乱想，‘在地人’。”雷霜突然一巴掌刮过来。

我吃了一记，雪雪叫痛。这女孩，喜怒无常。

雷霜看着不忍：“上次你请我吃煲仔饭，这回我带你吃好东西。”

闪

现在的我，没法形容我的味觉，我只能说我在流泪。

太好吃了。

太好吃了。

太好吃了!

雷霜带点自豪地问：“没介绍错吧?”

我猛地点头，吃着宇鲸肉。

话说宇鲸是种长寿生物，寿命可达百年以上。最特别的是，宇鲸出生时，是整批出生，然后整批成长，整批老去，也就是说，在同一时间，你只能看到海里有一群体形、年龄相同的宇鲸，那些一家五口，有大有小的家庭场面，在宇鲸间，不能看到。

宇鲸肉味道极其可口，不同年纪的宇鲸，其肉质脂肪分布不同，口感各异，吃法达上千种。在3001年，一条成年的宇鲸的价钱，可以买下首都的半条金融街。

现在，我却在吃“杂炒宇鲸”。

杂炒——年幼的、成年的，共12个不同阶段的宇鲸肉，放在一起。

12个不同阶段，代表了12个不同的年代，合起来足足横跨200年。

世界上没有任何人类可以吃到，除了时间管理员——正确来说，除了拥有特权的时间管理员。

“还有，这碟是时菜。”雷霜说。

那香气……

那香气……

那香气！

“时菜的生长期没有数百年，只有一年。春天出芽、夏天出叶、秋天结果、冬天开花。春天的芽要枯尽，叶才会开，夏天的叶要凋尽，果才熟透，而果要摘下后一段时间，花才会开。”雷霜依Tolex的指示念着。

所以，根本没有任何人可以同时摘取春夏秋冬的四种新鲜材料：芽、叶、果、花，混合一起，成为佳肴。

这是一道“时间”的菜。

“能胡乱控制时间，也不太坏嘛，对不对?”雷霜装出一副很酷的表情。毕竟，她是时间管理局的大小姐，雷炫的大姐，年龄比我大，不论她是否在有意示好，还是只是视我为吃喝玩乐的玩伴，我都不应拒绝。

“谢谢你。”我塞得满嘴都是。

“不客气。”她塞得满嘴都是。

闪

对于雷霜乱用时光机技术，我早已习惯。上一次在温布利球场看曼联对巴塞罗那，场内下起雨来，她索性把雨云调走，让现场阳光普照，人人啧啧称奇。果真是有翻云覆雨、通天彻地之能。

“这只是时光技术的必备功能罢了。”雷霜不以为然，“对了，你知道什么是‘秒杀式微调’吗?”

我摇摇头。

闪

下一秒，我们由午后的球场来到夜深的高楼。

一男子像我执行任务前一样，徘徊于天台。不同的是，他真的想跳楼。

“准备好了。”雷霜一笑，于 Tolex 按下一个我从没见过的 Logo。

什么也没发生。

我眨着眼。

男子像突然下定决心，站起来，转身，走回屋子。

神采奕奕的，像换了另一个人。

“请解说。”我作了一个“请”的手势。

“‘秒杀式微调’，用的也是SM和TM原理，即时空转移，可是，却只是把当事人的思想进行时空转移，而且时间只有短短一秒。”

她续道。

“刚才的男子，准备跳楼，了结生命。可是，我却把他的思想带回孩童年代，他的父亲临终时说话的场面，虽然一秒不能听到多少话，但那一秒，却足够令眼前的男子，回忆起过去的重要场面，从而打消自杀的念头。”

“这么好的功能，为什么不开放给全部时间管理员使用?”

“要经过超精密的计算啊，”雷霜在夜风中傲立，煞是好看，“什么时候进行那一秒的转移，而那一秒又是关于什么，如何发挥效用，得靠时间管理局的超智电脑计算。”

闪

接下来，我们由夜深的高楼，来到一间商场，一女店东正准备关门。

雷霜从怀里，掏出iTime，金色的——岂有此理，总比我的高级——开出另一Logo：KK Box。

“这是新一代的iTime吗?”我紧张地问道，因为我也想升级，“有什么特别功能？是不是速度快了?”

“别傻了，”她说，“这真的是一部iPhone。”

“你想播歌吗?”我道。

“是啊。”

这时，店内响起一首音乐，是蔡枫华的金曲。

夜店一个角落里……

女店东停下卷闸的动作，在店内坐下来，托头静听音乐。

夜店今晚正在播　旧日你喜欢听的歌
醉了的心再醉　又跌坐失意里
闭起眼睛我在想过去

也是她喜爱的歌曲吧。

我看看 iTime，1985 年。

女店东动也不动，听了十多秒，才垂头继续关闸。

这时，一男子气急败坏走来。

“等等，等等！”男子冲进店内，气喘如牛。

“先生，我们已关门了……”

“不是只卷了半闸吗？”男子有气，“我是来取礼服的，明天要结婚，不可能没礼服吧？”

“你是明天结婚的何嘉龙先生吗？”女店东眉头皱着，“你的衣服早做好了，就是联络不上你，你不会忙到这样吧，明天结婚，现在才取礼服？”

“都怪那新娘子，自己的衣服改了又改，弄得我没时间搞自己的……”

“什么意思？”我不明白。

“很简单，结婚。”

“那又怎样？”

“我是说，这男子对女店东一见钟情，他会放弃自己的未婚妻，与这女店东结婚。”

“什么？”我吓了一跳。

“这是他们的第一次见面，就是有了这次见面，改变了命运。”

我呆呆听着。

第一次见面，就改变了命运。

我和芊芊第一次见面时，是怎样呢？大概是初中吧？我都忘记了。

我和雷霜第一次见面时，则是在那条时空公路上，当时，她浮在半空，好美。

“人生若只如初见……”我忽然想起以往所学的诗句。

是的，人间一切，如果能保留最初的美丽，就好了。

“人生若只如初见？”雷霜奇道，“什么意思？”

“没什么，”我吸一口气，“是以前学的一首诗。我只记得一句。”

“其实，这种一见钟情的爱情故事，什么时空也可以见到啊。”雷霜道，“只是有没有那瞬间的感动出现罢了。我就是负责提供那瞬间感动的人。”

“你改变了历史。本来何嘉龙不是与女店东结婚的。”

“不，我就是历史的一部分。我的出现，根本就是过程之一。”

“可是，你的‘微调’也太准了吧！”我傻了眼，“一首歌！她只听了十多秒！”

“‘微调’不一定要大幅度的，你整天说我们杀人杀人，有时播播歌，不也就得了？当然，一切还得经过超智电脑计算，准确度很难掌握啊。”雷霜笑着。

她知道，我不喜欢“微调”，不喜欢要杀人才可以把历史改变。

我的掌心，早染满血，不想再多。

“不一定要杀人，”她道，“不过有需要的时候，我会。”

她直勾勾地看着我。

期望我的理解，认同。

对啊，我们是同一队，同一个世界的，好拍档，应该互相理解包容，对吗？

我俩的 iTime 同时响起：3 分钟后会出现一次入球。

我俩对望一眼，一起闪回去温布利球场。

第四章　关键任务

闪

“富二代。”我说。

“在地种。”他说。

我和雷炫甫在时间大学的大堂见面，便直接吐出这句。

“没有我这富二代，你们哪有那么先进的 iTime?”他说。

“少了我这种在地人，哪能生出你爸爸，再在超空间把你这笨蛋生下来?”我不甘示弱，反驳他。

雷炫的脸一阵红一阵白，正欲反驳，这时徐天生到了，还有一大堆打扮得像将军般的人员。

“很有活力，”徐天生冷冷道，“与你的父亲时逸仙一样。”

又提到爸爸。

在我眼中，他一直是个破了产、抛妻弃子的男人，听说好像曾经驾过出租车，母亲却说他是被人带走的。

我等待着真相。

“你很想知道有关时间大学、时间管理局的一切，最重要的是，你爸爸的一切，对吗?”徐天生说中了我的心事。

我咬紧牙，不作答。

“没礼貌。”雷炫不屑。

“对，我想知道。”我想起了黄景亨的话，“需要什么代价?”

徐天生笑了几声。

“你加入时间管理局，已经是一种代价。”他道。

我不作声。

“根据仪器侦测，你入局以前，心脏素质读数突然下降，加上你在长江一役冲动行事，不听指挥，本来，这样的人，我们不打算征召。”徐天生道，“不过，我打算再给你一次机会。”

我静静听着。

“来吧，徐天生。别忘了，我是正式通过测试入局的。”我大声答道，周遭的人吓了一跳，我隐约感到背后雷炫怨毒的眼神。我不想被徐天生看扁，也不想被爸爸看扁，更不想被黄景亨看扁。

“很好，”徐天生转身就走，留下一句，“看你在‘关键任务’中表现如何了。”

这时候，我走上前一步，环境剧变。

这空间大得……连地平线也看不到。

周遭疏疏落落地分布着接待处、指示牌、几张沙发，空间似没有尽头。

最瞩目的是，半空，悬浮着一块暗哑色的牌匾，兀自缓缓转动。

牌匾反射着暗光，感觉像用某种坚硬材质打造而成。

牌匾上书写着一行飘逸不定、极富美感的字句。

Time flies like an arrow.

“传说，这是时间大学创办人，也就是时间管理局第一任局长逆熵唯我写下的字句。”说话的是另一位老师，李烨老师。相较之下，瘦瘦的李烨老师，更为冷酷，我看过资料，他是属于“时空引擎”部的主管，兼任时间大学教授。

Time flies like an arrow——时间飞逝似箭。

走过闪亮牌匾时，李烨说出有关这句英文的意思。

（1）第一个很简单：把 like 解作喜欢，那么全句意思就变成：时间苍蝇很喜欢箭。

（2）第二个较复杂：把 time 用作动词（衡量），而 fly 用作名词（苍蝇），那么 Time flies like an arrow 全句的意思就是：衡量苍蝇的速度，就像衡量一支箭的速度。

也有好些学生更富想象力的：

Time flies like an arrow;

Fruit flies like a banana.

有人会解作：

时间像箭飞逝；水果像香蕉飞逝。

然而实际上的意思是：

时间苍蝇喜欢箭；果蝇喜欢大香蕉。

李烨滔滔不绝，说着说着，到了。

我吓呆了。

“怎么了，‘在地人’?”雷炫又来了，“都说你只懂讨好我姐，不敢执行任务吧?”

当然不是。这小子不知我在想啥。

我吓呆，是眼前的物事。

不是陌生，而是太过熟悉。

那是一扇门。

一扇立在虚空，粉红色的木门。

这是——

“随意门。”李烨道，“通过这扇门，你可以到达任务指定地点，至于任务指引，都在背后 iTime 里，工程部刚为你更新了新版本。”

我拿着的 iTime，“升级”成了白色。

“这扇门，不就是《多啦 A 梦》里的那扇吗?”我疑惑道。

“对的，刻意设计成这样。”李烨道，“《多啦 A 梦》在后世成为了很重要的时光典籍，不少时间大学一年级的书单上都有，一年级生要读毕全部 52 本。”

匪夷所思。

我走向门前，抓着把手，看了看李烨。

“怎么了，‘在地人’，害怕就不要去啊？回去你的年代，每天救几个过马路的小孩啊。”雷炫得意洋洋。

我正想回话，谁料——

“小炫，雷大统领说，这次任务你也有份，你准备一下，一起出发。”李烨道。

“什么！”雷炫被吓了一跳。

闪

进门后，是另一片更广阔的空间，像电影《黑客帝国》中，无尽的白茫茫。

也像电影中那一幕，一排柜子由远方以高速涌来，在我身旁停住。

那是……自动贩卖机。

上路。

下路。

自动贩卖机上，只有两个大大的红色按钮。

我胡乱按了按，“叮”一声，柜群消失，白色空间消失。我直往下坠，跌坐在一辆跑车里，真皮座椅，舒服至极，黄景亨的烂出租车差远了。

然后，大脑自动响起声音：“内置式时光机设定中”。

语言：中文（21世纪亚洲区汉语）

性别：男声

状态：长开

显示方法：在大脑响起

要设定本内置式时光机名称吗?

“啊，还有名字啊。”我心想，“有什么好名字啊?”

可供选择名称如下：

1. 卫斯理

2. 藤子不二雄

3. 张系国

4. Isaac Asimov

5. 威尔斯

……

“用‘卫斯理’吧?”我心里道，“我喜欢看倪匡的科幻小说。”

“卫斯理”——此名字已有其他人注册使用。

不过，我喜欢这名字啊。毕竟是初次正式执行时间大学的任务，一定要找个寓意好点的。藤子不二雄？不行，已经死了。

叮当？也不行。首先我有时会称之为多啦A梦。何况，我的个人电脑是叮当，那我岂不是大雄？

张系国？有个男性在我的脑海……实在有点儿不伦不类……

“有没有‘初号机’？”我想起一套动画。

成功注册：“卫斯理初号机”。

“时若飞先生，我是你的内置式时光机人格电脑，我名为‘卫斯理初号机’。你以后要称呼我为‘卫斯理初号机’吗？”果然有点像倪匡的声音。

“嗯，还是简称‘卫斯理’吧，还有，声音方面，我怀念香港无线电视女主播方健仪的声音。”

“已设定。”果然是方健仪，我马上想听听今晚的新闻提要。

“现在是任务简报，”卫斯理说着，跑车随即发动，快速地驶上公路（似乎要去任何时代都要通过此公路）。

“时若飞先生，根据你脑部显示，你对时间旅行、时间管理局的认识尚未足够，我现在会一一介绍。”

我留神听着。

“人类在40世纪发明时光机。

“随即出现两条探险路线，P队与F队。

“P队，探索过去世界，最远，可以前往公元前3万年。

“再前一些的时代，仍在开发，要到达亿万年前的恐龙世界，有待技术进一步提升。

“F队，探索未来世界，最远，却只能前往80世纪。

“当时光机到达80世纪后，便自动停止，不能再向前进。

“时间管理局的首席科学团分析，应该是80世纪后，人类另行开发出时光机，不欲被过去的人到来窥探未来世界，所以用他们的科技，设立‘时障壁’，我们无法前往。”

“我以为可以古往今来，去到人类历史开始与终结之时呢，”我道，“我看过张系国的科幻小说《城》三部曲，当中提及‘全史学’的概念，人类由于知道了过去未来整个历史，变得不思进取，时光机发明的一刻，人类文明亦开始走下坡。”

“你提到的那位张先生的作品，是时间大学的教材之一，对此较熟悉的是黄景亨老师，但听闻他已离职，到各时代去撰写全史。”卫斯理道。

提起黄景亨，我忙道：“你有办法知道每个教授本身来自什么时代，原本是生活在什么时代的人吗?”

“知道的，但不能公开。”卫斯理道，“继续刚才的话题，我们时间管理局，不能去的地方还有很多。”

不能去的地方，被称为“禁飞区”。

公元元年，及之前的5年；公元元年之后的40年，不知何解，无法进入。

30世纪里，有100年，不知何解，无法进入。

另外，1995年至2012年，无法进入。

“公元元年前5年及之后40年……”我沉吟，然后大叫，“耶稣?”

“对，原因不明。也许是后世的基督教徒，前往那时代，设立‘时障壁’。”

“至于30世纪那100年……”我皱起眉头。

“是第十次星际大战，反物质武器使时光机受到干扰，无法进入该时代。”

“至于1995年……”我道，“岂不是我出生那年？”

“对。”

“2012年呢？”

卫斯理顿了顿：“即你死去那年。”

什么！

我只有17岁寿命！

“因为17岁后你加入了时间管理局，所以那17年是你个人禁飞区，你不能用任何方法进入该年代。”

“卫斯理，你有听过电脑会吓死人吗？”

“没有。我继续。”

“我们这次任务的目的地，是24世纪。是一个大型的‘禁飞区’。但要分两辆时光战车出发。”

“为什么？”

“因为，你们俩进入的，都是一般时间管理员无法进入的区域。”

“无法进入的区域？不就是禁飞区吗？为什么禁飞？”

“凡是有人发明时光机的年代，就叫作禁飞区，不知何解，大部分时间管理员都无法踏足。”

“局内规定？”

“有些是，但这时代不是，任科学如何设定刻度，我们的时光机总无法进入其他发明时光机的年代。”

“奇怪。”

“有可能是更遥远的未来的人，回到这时代进行保护吧。”

“那么，我可以进入吗?”

“正在试。”

“什么?”我吓了一跳，“试不了会怎样?”

“弹回来。”卫斯理说，“后果是……正在搜索你们时代的成语。呀，找到了，弹回来的后果是灰飞烟灭。”

怎不早说!

闪

我边喝椰汁边等待目标出现。

眼前的卫斯理也一样，在四处张望，伺机而动。

说是眼前，其实只是卫斯理投射在我视网膜中的影像，只有我可以看到。这影像就是一位型男在我身旁坐着，旁人当然什么也看不到。

型男的影像设定：基努·里维斯在《黑客帝国》中戴墨镜的模样——这样能让我有安全感。

一个拥有方健仪声线、基努·里维斯外表、名字曰卫斯理的内置式时光机人工智能……

……

头昏脑涨。

“头昏脑涨很正常。”卫斯理对我说，“这是长距离穿越时空的后遗症。”

“我进入了这时代了吗?”我问，左右手掌像被火烧炙热难耐，还有点烤焦的味道。

“对，出乎意料，畅通无阻。”

“他呢？”

“也是。不过雷炫靠的是科技穿越，耗掉不少能源。他也吃了不少苦头，和你一样，正坐在那边休息。”

我猛地回头，不用搜寻器，已找到那富二代。

富二代似乎也刚看到我，也似乎如卫斯理所说，很晕，想吐又吐不出。

“那是藤子不二雄时光机。”虚空中的卫斯理，看着雷炫身旁的虚空。

至于我们身处的，是间泰国小店，透露着优雅的气氛，人来人往，低声说话，一点儿也不像24世纪。

我静静观察着，等待卫斯理指示。

卫斯理表示在等待时间管理局总部指示。

什么任务要这样神秘？

什么任务要分上下两路来到这时代？

“砰！”一掌轰向桌面。

女子怒极而起，带着泪光，冲向店外。

后面一男子——一看就是窝囊相——连滚带爬，追向门口。

“阿珍，不要走，阿珍！”

看口型，不像是说汉语普通话或广东话，可是我耳里听得清楚明白，全赖卫斯理的翻译系统，我正想说话，卫斯理在座椅上弹了起来，大叫：“那男子就是任务的目标：Zuckberg！喂，时若飞，快追他！”

我听毕后半秒弹起，雷炫明显也收到藤子不二雄的指示，扑向门外。

Zuckberg 呆呆立在咖啡店门外，看着阿珍的身影渐远。

我也呆呆立在咖啡店门外，看着 24 世纪的都市景观。

那是拔地而起的超高楼，空中透明管道往返穿插。

大量的磁悬浮车川流不息，人工太阳散发柔和亮光。

24 世纪，与科幻片里营造的景象，竟然相当接近。

我看着身后歪七扭八的大字“乐府泰国菜”。

“你站着干吗？阻止 Zuckberg 啊！”卫斯理也“飘”了出来，对我大叫。

我赶紧张开双臂，拦在 Zuckberg 面前。细看，他只是个年轻人，24 世纪的宅男一名。

“卫斯理，我要阻止他什么？”我向空气大叫。

Zuckberg 明显被我吓到了，不敢乱动。

“阻止 Zuckberg 发明时光机！”卫斯理大叫。

“你不要发明时光机！”我想也没想便对 Zuckberg 狂吼。

Zuckberg 当时的奇怪表情，我永远记得。

旁边雷炫的爆笑声，我永远不会忘掉。

闪

“欢迎大家收看虚拟偶像大岛珍妮·陈的正点新闻，今天，新北京市的人工太阳日落时间，将会是 7 时整。大型护罩将于 9 时整有激光表演。至于通往月球的最后一班太空船会于 12 时开出……”

好科幻，不过，却又很平常，易接受，也许，我看过太多太多科幻动画片集，心里老早有底。

机器人侍应走来：“要喝点什么？”

雷炫突地怪叫：“什么都可以，就是不要发明时光机！”然后不可遏止地狂笑。我相信那位我看不到的藤子不二雄，也在附和笑着。

够了，已经够笨了。

想不到，见到 Zuckberg 的几小时后，还要跟雷炫面对面，坐在一起。

原因只有一个：大家收到的任务指引，支离破碎，语焉不详，如果不合作，根本没可能完成任务。至于详情，容我说明。

这里是 24 世纪，根据正常历史，时光机将会在 24 世纪被一对称为连万国、连万邦的兄弟发明出来（他们是中国人）。

然后，时间管理局出现，然后是雷大统领，雷炫等等，这是正常的历史。

不过，不知道什么原因，连万国、连万邦两兄弟在发明时光机早期，邀请智商高绝的宅男 Zuckberg 加入，一起开发。

然后，出问题了。

Zuckberg 加入后，取得全部技术，自行研发时光机，居然取得成功——两兄弟被背弃了。

接下来，Zuckberg 用时光机，穿梭各个时代，把人类历史搞得一塌糊涂！

“还要再来一杯吗？”雷炫道，“还是你要时……”

“你再说，我会不惜一切，打爆你下颚，让你试睡一下 24 世纪的医院。”

“来啊来啊，古代人！‘你不要发明时光机！’”

这富二代。

不过，还是算了吧，已花了太多时间讨论，不能再花时间斗嘴。

与雷炫相处几小时，已没当初那么恨他，而且觉得他很聪明，提出的时间旅行见解，有些是黄景亨也不知道的。

不过，这小子太嚣张。

正事要紧。

Zuckberg 之所以会发明时光机，经我们两人两机分析后，原因如下：

（1）Zuckberg 的父母都是优秀的科学家；

（2）Zuckberg 的父母在同一时间，遇交通意外身亡；

（3）Zuckberg 于新北京大学尖端工程系就读，受优良训练；

（4）Zuckberg 的嗜好及专业，都是夸克光子学；

（5）Zuckberg 本身的智商极高、聪明过人；

（6）Zuckberg 极爱看科幻小说；

（7）Zuckberg 在背叛连氏兄弟后，获新北京大学尖端科技系一级名师于星垣指点；

（8）Zuckberg 与女朋友阿珍闹翻分手，心情极差，寄情科研；

（9）连万国、连万邦两兄弟打算在 Zuckberg 参与研究后，把他踢出局，把成果据为已有，却不小心被 Zuckberg 知道；

（10）Zuckberg 被连万国、连万邦派人殴打，重伤，深感不忿，受刺激发奋向上。

“直接把 Zuckberg 那笨蛋杀掉，不就可以了吗？”明显地，雷炫对这十项分析很不耐烦。

“不可以，在正常的历史下，没有 Zuckberg 帮助，连万国、连万邦两人合力，也不能发明时光机的。”说话的是藤子不二雄，女声，玛莉莲·梦露形象，端坐一旁。我能看到，是因我们两人的电脑刚刚联网了。

“不如把那什么尖端工程系烧掉？或者把整座新北京大学炸掉？”雷炫没有听玛莉莲·梦露的分析，径自说着。

“我即使是新生也知道，”我有点儿不屑，“你这样去改变历史，幅度比起 Zuckberg 改变历史的幅度还要大。”

“那么，新人，你有什么高见？”雷炫不服气。

一个人遭遇那么多波折：亲情、友情、爱情，怪不得会痛定思痛、废寝忘食，专注研究。

像我被小强欺负多了，自然会反抗。

也像我为了知道有关爸爸的真相，不顾一切加入时间管理局。

“让阿珍与 Zuckberg 复合便行了吧？把 Zuckberg 的父母也救回便行了吧？”我道，“那么 Zuckberg 就少了许多奋斗的理由了，对不对？”

闪

“是有点难。”雷霜说。

“你能不能分析一下，毕竟你是支援。”我急道。据说超时空长途通信极不稳定，要长话短说。

“我是指挥，不是支援。”雷霜有点不满，“不过，你刚才传过来的十大原因，倒可以分分类。”

哦？

“十大原因当中，有些是远因，有些是近因。有些是强因，有些是弱因。有些是大背景，有些是小背景……”

“慢着慢着……”

“我当然知道你不明白，让我打个比方：你不是很喜欢林法拉的吗？你们要一起的话，必须有两个条件：

（1）她家里有钱，所以你也必须是住半山的富家子，门当户对，不能住公屋；

（2）你们要有机会在路上碰到，然后一起去喝星巴克交流。

如果（1）（2）同时发生，那么你很有机会追到她。”

我的脸色一阵红一阵白。

我最恨没有私隐。

而且，我最喜欢的并不是林法拉……

“所以（1）是远因，（2）是近因。”雷霜完全无视我的感受，“只有（1）的话，机会很大；只有（2）的话，机会很小；（1）（2）都没有，你还是省点力气吧。”

我没回话，表示抗议。

闪

第二天早上，麦当劳中，我与雷炫重整旗鼓。

卫斯理与藤子不二雄则在大吃早晨全餐。

（这两个虚拟影像吃的，当然也是虚拟食物。忘了说，我们现在身处 The Nation of Mcdonald，没错，是麦当劳联合国。在 24 世纪，麦当劳已向联合国申请成为国家，其店内即麦当劳国土，有法律、护照、自己的货币、国民等，当然所有人可以自由出入，像我们时代的梵蒂冈。）

根据分析，原因如下：

五项远因：

（1）Zuckberg 的父母都是优秀的科学家；

（2）Zuckberg 的智商极高、聪明过人；

（3）Zuckberg 于新北京大学尖端工程系就读，受优良训练；

（4）Zuckberg 的嗜好及专业，同时都是夸克光子学；

（5）Zuckberg 极爱看科幻小说。

五项近因：

（1）Zuckberg 在背叛连氏兄弟后，获新北京大学尖端科技系一级名师于星垣指点；

（2）Zuckberg 与女朋友阿珍闹翻分手，心情极差，寄情科研；

（3）连万国、连万邦两兄弟打算在 Zuckberg 参与研究后，把他踢出局，把成果据为己有，却不小心被 Zuckberg 知道；

（4）Zuckberg 被连万国、连万邦派人殴打，重伤，深感不忿，受刺激发奋向上；

（5）Zuckberg 的父母在同一时间，遇交通意外身亡。

“不可能把远因全删掉，否则连时光机也发明不了。”卫斯理道。

“那就别说。”我有点儿烦。

“不可以把近因全删掉。”藤子不二雄道。

“更废话。”雷炫说，复道，“不过……但可以删去一两项。”

接下来，我和雷炫出发。

我们来到的时空，是 Zuckberg 这混蛋，把连氏兄弟理论据为己有之后，并完成时光机理论，准备发表的前一天。

如果让他成功发表，成功制造出时光机，进出各时空，那么他就会破坏时空秩序。

我们趁 Zuckberg 不在的时候，把所有资料都烧掉。

后来发觉有点麻烦，例如那些光盘很难处理，雷炫索性调动了一颗迷你炸弹过来，把他的小小研究室炸掉。

可是，Zuckberg 在意志无比消沉之下，居然重新来过，把时光机理论再写一遍，而且把之前的漏洞顺便改正，而且花更多时间仔细检查，发明出比原来更好的时光机。

真是个了不起的人，我打从心底里佩服他。

晚上，卫斯理以此成语形容我们今日行动：

“弄巧成拙”。

次日，我们又出发。

我们找了 Zuckberg 好久，终于在深夜的校园角落找到他，他正一个人喝闷酒。那时他刚与连万国、连万邦两兄弟不和，但尚未生起背叛之心。

雷炫这小子一肚子气，几天没睡，居然冲上前，与 Zuckberg 大吵，两人在黑暗中互殴，雷炫力气较大，把 Zuckberg 打伤，我站在一旁，不敢阻止。

“连万国、连万邦兄弟从来没派人打过 Zuckberg，”藤子不二雄道，“打他的是你们——但 Zuckberg 当然不知道，他还以为是连氏兄弟派人出手呢！就是你们多事，结果令他奋发图强，发明时光机，你们间接完成了近因！”

晚上，卫斯理以此四字词形容我们今日的行动：

“完成历史”。

许多方案都没用。

任务时间只剩下不到10小时。

“如果Zuckberg没与女友分手呢？”我道。女友没死的话，Zuckberg发奋向上的动力大大减少。

“如果Zuckberg的师傅于星垣死掉呢？”雷炫道。于星垣死掉，没人为Zuckberg进行后期指导，Zuckberg发明时光机的知识基础，又再减少。

“如果Zuckberg的父母没出意外呢？”卫斯理道。父母仍在，Zuckberg的悲愤又再减去。

“如果……”

整晚，我们两人两机，不断发表意见，修正方案。

闪

在最后关头，我把两位老人家从路旁拉回来，磁浮车门应声关上，绝尘而去。两位老人家看着已远走高飞的磁浮车，先是沮丧失望，继而迁怒于我，我却早已走开。

两老不知道，15分钟后，磁浮车会遇上意外，全车乘客无一生还。

我回到咖啡店，雷炫刚好来到，坐下，手仍颤着。

“你真的干了？”我低声道，不敢相信雷炫这少年，会杀人。

雷炫苍白的脸色回答了我。

他把Zuckberg的指导教授于星垣杀死了，因此，也没有人会传授后期的关键知识给 Zuckberg 了。

至于我，把他的父母救回，Zuckberg 也没有了悲痛欲绝的心情。

接下来，是阿珍。

如果阿珍也没与 Zuckberg 分手，那么 Zuckberg 的人生，就少了奋斗的最后动力了。

闪

我们回到了当天那间泰国小店。

也就是我们第一次到达这时代的那一刻。

不过要比那一刻，再早 10 分钟。

阿珍与 Zuckberg 两人，刚好把桌上的食物吃光。

“其实我，有件事想说。”Zuckberg 吃得一嘴油光。没有人会喜欢这种男生吧。

“啊?”阿珍啜了一口椰汁。

“我，想跟你交往。”Zuckberg 声音颤颤的。

阿珍没有任何意外的表情，想早已预料到 Zuckberg 会说什么。

她轻轻叹了口气。

“你不答应?”Zuckberg 很紧张。

“我们已经约会了很多次了，老实说，Zuckberg，我对你有好感。”阿珍道，“只是，有一件事，我觉得应该告诉你，你要问问自己，是否介意。”

Zuckberg 猛点头。

“我告诉你我是 26 岁，与你同年，对不对? 事实上我外表也保持得很年轻。”阿珍道，“其实，我已经差不多 50 岁了，只不过做了整容手术，外表看起来才年轻很多。”

Zuckberg 呆了半分钟。

也许真的出乎他意料之外吧。

“怎么样？试不试?”阿珍声音低低的。

Zuckberg 又呆了 10 秒，阿珍“砰”的一声，一掌击向桌面，走向门口。不久，Zuckberg 追出门外。

“我们如何令他们复合?”我道。

“这不重要，重要的是，阿珍这样走掉，真的会令 Zuckberg 如此受伤害？他们连正式谈恋爱也没开始啊。”雷炫也皱起眉头。

我把资料找出来。

阿珍离开餐厅后，继续过一个人的生活。以后的运气，差得很，认识了富家子，有了身孕，但被抛弃，腹中子也只好打掉。后来遇上几个对象，都是不老实的，有一个更把她打得遍体鳞伤，后来阿珍染上毒瘾，被卖到贫民区当娼。

当时，Zuckberg 已经认识连万国、连万邦，积极协助他们发明时光机，几近成功，三人得到不少资金赞助，Zuckberg 的生活好起来。就在某个夏夜，Zuckberg 与友人晚饭后，路过贫民区，看到堕落的阿珍，一脸苍白。为了有钱买白粉，不惜勾搭路过的老翁，出卖肉体，换取微薄报酬，再去买毒品止瘾。

对 Zuckberg 来说，那是种无法言喻的震撼。

“难道 Zuckberg 认为，阿珍没有与他一起，所以间接导致了如此悲惨命运?”我惊讶道。

“是。由于这样，Zuckberg 不惜一切，把连氏兄弟的时光机技术，一夜间据为己有，然后制作时光机，企图改变历史。”卫斯理道。

“他要回到过去，答应与阿珍一起？”雷炫道。

“对。时光机发明之后，他确实改变了阿珍的命运，最可怕的是，他同时也借时光机，到不同时空胡乱改变历史，遗祸无穷。”

“好吧，来个大团圆结局吧。”我道。

于是，我们再回到一小时前。

“其实我，有件事想说。”Zuckberg 吃得一嘴油光。

“啊？”阿珍啜了一口椰汁。

“我，想跟你交往。”Zuckberg 声音不再颤颤的，带着坚定。

阿珍没有任何意外的表情，估计早已预料到。

她轻轻叹了口气。

“你不答应？”Zuckberg 道。

“我们已经约会了很多次了，老实说，Zuckberg，我对你有好感。”阿珍道，“只是，有一件事，我觉得应该告诉你，你要问问自己，是否介意。”

Zuckberg 猛点头。

“我告诉你我是 26 岁，与你同年，对不对？事实上我外表也保持得很年轻。”阿珍道，“其实，我已经差不多 50 岁了，只不过做了整容手术，外表看起来才年轻很多。”

Zuckberg 没有半秒犹豫：“我不介意。”

“你……”阿珍很惊讶。

“我完完全全不介意。”Zuckberg 抓起阿珍的手，把她的美好命运留住。

闪

任务，成功。

全靠我们把阿珍未来悲惨景象的某几秒，预早灌入 Zuckberg 脑中（全靠雷霜）。Zuckberg 在电光火石间，预感到自己不与阿珍一起，便会导致阿珍的悲惨未来，所以改变了最初的想法。

Zuckberg 与阿珍一起，与父母一起，安分地协助连万国、连万邦两兄弟，发明时光机技术。

然后，时间管理局出现，雷大统领出现……

虽然杀人的不是我，是雷炫，可是，我总觉得这次任务有点儿不妥。

这是后来才发觉的。

怪不得要我和雷炫，两人这样转折进入这般大型的禁飞区。

那是后来的事了。

这一刻，我与雷炫再次各乘时光战车，回到超空间的时间管理局。

“你还真不赖。”雷炫望向超空间的时间管理大楼，第一次叫我的名字，“时若飞。”

“彼此彼此。”我也不打算叫他富二代。

“‘在地人’来说，你的表现很好了，”他道，“要不要以后同组？”

“那是你的荣幸。”我笑说。他笑着拍了拍我肩膀。

我们短暂的友谊，正式开始。

第五章　时间大学

闪

“时间管理局，是与整个人类历史平衡的一个超时空组织。时间管理局成立的目的，在于保护及管制时间旅行的技术，并于适当时对整个人类历史进行‘微调’，本局的宗旨是：为最多人谋求最大的幸福。

“公元3998年，基于安全性及保密性，联邦一致通过，把太阳系所有关于时间管理局及时间旅行的资料，均予消灭，时间管理局在超空间里营运。次年，成立时间大学。”

授课的，是李烨老师。李烨边说着，画面上闪出了一个大大的“T”字，不住闪烁。

在“T”字旁边，一排又一排数字绕着“T”字打转。

“这不过是PowerPoint嘛。”身后的雷炫嘟囔着。

我仔细看了看，果然，荧幕上投射出来的“T”字效果，不过是20世纪一种流行的电脑简报软件PowerPoint的效果，很简单，我也会用。

不但这样，连课室的摆设，也和自己到香港中文大学参观时差不多。

这里真的是时间大学吗?

李烨好像知道了我在想什么，续道：“时间大学并不存在于超空间中。因为要在超空间设置一所大学，能源消耗量惊人，所以大学所有的课，全都是借用各个时代的大学课室来用。像今天第一堂，我们借用了公元1993年香港中文大学信和楼演讲厅来上课。

“那个时代的人不会看到我们的，在他们眼中，这个演讲厅也不过是闪了闪。虽然那个时代的建筑都极其丑陋，但演讲厅毕竟是新的，大家忍耐一下。”

听了他的话，我真想找个洞钻进去。

“时间管理局由大统领及12位副局长共同管理，并在每个时代吸纳具天资的学生，入读时间大学，成功毕业的同学可以加入时间管理局，成为正式的‘时间管理员’，执行任务。”

李烨说完后，画面消失。

这时，一阵怪声传来，身后的雷炫，拿着一大把银色瓜子状食物，在嘎巴嘎巴地吃着。

“雷炫，不要在上课时间吃银琉子。”李烨突然喝道，雷炫有点不服气，只好把那称为“银琉子”的物事，收进口袋。

“我这是为你好。”李烨打圆场，“别再在时间大学的餐厅买零食吃了，那儿的食物是所有时代里最难吃的。”

众人笑着。

另一人推门而进。

这人身型——怎么说好呢？走路与我们常人不同，简直像“飘”进来的，举止很温文，宽袍大袖，最“搞笑”的，是这人颈上还挂了一台古老至极的8厘米摄影机。

他一脸严肃，只横了我们一眼，教室里什么声音都没有。

“我先向各位介绍一下，”李烨说道，“这位是混乱老师，将带领各位进行本学年第一次实地考察。”

闪

混乱老师？实地考察？

我还未会过意来，整个演讲厅的空间如水波般扭动。

“被动式时间转移”的征兆！

下一秒，呈倒立体三角的演讲厅竟然消失掉。

许多坐在演讲厅最高处的同学，少说也离地3米，现在演讲厅消失，许多同学就这样从半空坠落。

幸好我上回被徐天生作弄，抛出机外，早有预备。

雷炫刚才好整以暇地吃银琉子，没准备之下，像雪球般滚地，沾了满身的黄沙。

300位学生，半身都埋在黄沙里，好些在揉着腰叫痛，狼狈非常。

我与雷炫，傻傻地看着前面的景象：无尽头的荒野。红色的天空。三个淡红的月亮。

只有李烨和混乱老师两人，若无其事地站着。

“火鸟星系的第二行星艾力加，类地球行星，不适合人类居住。”混乱老师低沉的声音响起，只丢下这句话，没有任何感情。

火鸟星系……？

天！我们终于，终于冲出地球了！

以往用iTime不曾试过离开地球范围，现在，居然走到了其他星系！

这什么混乱老师的名字虽怪，功力倒是强，一下子把我们带到外太空！

“喂喂，混乱老师，你又把我们送到什么时空了……”李烨咕哝着。

“这混乱老师，转移技术可真混乱，”雷炫在我耳边道，“他在局里教授当中，是出了名移动幅度最大的，有时前往一处地方，他也会绕几个圈才到达，浪费能源。”

混乱老师没回答李烨，只是向前示意。

这时，一组数据悬空浮起，显示着：“4000000000”。

“有谁猜到现在是什么时候？”混乱老师高声问道，声音在旷野听来，空洞洞的。

众人静了一会儿，索性坐在黄沙当中，思考起来。

由于我很早已经使用 iTime，自然知道答案：“我知道，那是年份。”

“说明。”混乱老师扬扬眉。

“嗯。我们的时代用公元来表示年份，像我来的时代是公元 2012 年。这里没有人类，所以就以星球诞生的一刻起计算——‘4000000000’即代表现在刚好是行星诞生后的 40 亿年。”

“答得好。你是？”

“时若飞。”我答道。

“原来是你。”混乱老师直勾勾看着我。

什么意思？

“好，各位同学也请留意，当我们出现在任何时空之际，我们身上的 iTime 会马上显示这个时空的各种状况，包括年份、日期、时间、坐标、时空数据换算方法等。一个人连自己身处何时何地也不知道，那个人一定无法执行任务。”李烨说。

“我们把时间移后 1 万年，不，移后 1000 万年吧。”混乱老师接着说，左手在 iTime 上按了按。

空间动了动，数据成了 4010000000。

周遭没有多大分别，只是原来的沙丘位置有点改变，沙的颜色更为澄黄而已。

“再移前 10 亿年。”

数据成了 5010000000。还是没有多大分别，甚至沙更少了。

“没有任何分别吧？”李烨说，“10 亿年，没有外来环境因素，这星球到老死一刻，都只是有大量的沙堆而已。”

数据又变回 4000000000。

“这次，我们加进一点儿环境因素。雷炫少爷，你不是有许多银琉子的吗？可以给我一颗吗？”

雷炫从袋里掏出一颗银琉子，走向李烨。

“不，你抛过来就可以了。”李烨说。

雷炫轻轻一抛，李烨也没有伸手去接，任由银琉子掉落在沙堆里。

“你来还是我来？”李烨向混乱老师打了个眼色。

混乱老师摇摇头，说了句：“非礼也，非礼也。”然后向那沙堆里的银琉子吐了一口唾液。

我呆呆看着他，每个人都呆看着他。

数据跳了跳，变成了 4000000100，即 100 年后。

然后，奇怪的事发生了。

我还以为到了另外一个星球。

每个同学都浮在银浪当中。银浪，其实是无数羽毛状的银琉树叶堆成的，柔软而舒适地，把众人轻轻托起。

微风轻送，银浪浮动，传来阵阵银琉果的香气。

极目所见，银浪延伸到地平线的尽头。

只有银叶堆成的浪，整个视野都是银色的。

我下意识地望向天空，发现三个月亮，高悬半空，散发着淡淡的红光。

这里还是刚才的星球，只是年份推移了 100 年。

李烨懒洋洋地，徜徉在银浪里，还随手摘了个银琉果来吃："在宇宙中，银琉子是生命力极强、极易种植的一种植物，一点点水分，可以让之生长，再猛力向地底钻，直到找到地下水为止。

"在北京的一只蝴蝶拍动一下翅膀，也可能会影响纽约放晴还是下雨——这是古人的一句话，对时间旅行者来说，更是金科玉律。"混乱老师道。

所有人都明白了：一颗银琉子，加上若干唾液，在 100 年之内，便把整个沙漠星球，变成了满是银琉果的星球。

这意味着，时间旅行者在任何时空里，都不能留下任何物件，或者作出任何改变那个时空的事情，哪怕是一丁点儿的影响，也可能会全然改变以后的历史。

"大家明白就好。作为时间管理局的人员，最基本的守则是——千万别吸烟。"混乱老师厉声道。

吸烟？

"你们试想想，如果把一只打火机，遗留在春秋战国时代，会有什么后果？"混乱老师道。

大家都笑了，除了我。

不容一般人（包括我们、还有 Zuckberg）随意改变历史？那时间管理局怎么又随意对历史进行“微调”？

只依你的标准行事，只依你的意愿行事。即使你打着正义旗号，但这和极权有什么分别？

“好啦，大家摘个银琉果，我们拿回去慢慢吃吧。”李烨看着我，好像在猜我在想什么。

闪

“今天，我们进行分组。”

李烨，与胖胖的黄景亨、严格凌厉的混乱老师不同，长得像灯柱般的李烨，多了几分书卷味道，然而他的衣服品味，比起其他教授，更为糟糕。

“说是今天，其实有点儿不对。超空间里没有昼夜之分，我们还是使用地球制式的 24 小时。有些来自 23 世纪海王星和天使浮岛的同学们，可能会有点不习惯。”

“喂喂，你是哪个时代的人？”身旁的雷炫，悄悄向一位少女问道。

“我是来自大宋的，我叫清儿。”少女笑得灿烂。

“啊，大宋年代，清明上河图！我在艺术馆看过，汴京是个繁荣的都市呢。古人的生活简单，但有意思。我真羡慕你。”雷炫露出羡慕的眼神。

“那么，你来自未来吗？”

“哈哈哈，对你来说是的。我比你晚出生至少 1000 年，我出生在时间管理局，是‘组装人’——基因特殊，体质适合穿梭时空。”

“你就是他们口中的雷大少爷。”清儿笑着。

雷炫有点儿不好意思。

“雷大少爷，我想问问，宇宙历是怎样计算的?”我笑着问。

“再这样叫我，小心我删除你祖先。”雷炫故作愤怒。

清儿看着我俩对答，不明所以。

“时若飞，你看过1969年人类登陆月球吗?”雷炫道。

“我没看过，我是90后。”我说。

“你呢?”雷炫问。

“什么登陆月球?”清儿道，“是嫦娥奔月吗?”

“噢，让我来解释一下。1969年人类正式踏足太空那一年，为宇宙历1年。那么宇宙历100年，就是1969年加100年了……清楚了吧?”雷炫颇有耐心地一一解答。

“明白了。”我道。清儿居然也点点头。

接下来雷炫又解释了好多事情。

看着清儿，我忽发奇想，时间大学，不是应该吸纳一些来自未来的人吗？至少，他们会聪明些吧。

“火星的自转时间是24、36小时，和地球几乎一模一样，海王星就麻烦多了……”雷炫仍在喋喋不休。

李烨教授终于把计算时间方法解说完，而雷炫也耐心地把“八大行星时差论”说完。

“好，我们别浪费时间。现在分组。方法很简单，五人一组，任意组合也可以。”李烨说。

这一科是“时间旅行概论”，主要是理论课。由于是第一次正式上课，同学之间互不认识，李烨说分组，许多同学犹豫不决。

我、雷炫、清儿是同一组，这是肯定的了。

“我想问好久了，”我问雷炫，自从上次长江任务以后，好久没见雷霜了，不知何解，我也很少找她：“你姐不用上学的吗？”

“早毕业了。”

“什么？”我吃惊。

“她直接参与‘行动组’的工作。”雷炫皱眉，“你看她的 Tolex 拥有那么多功能便知道了吧？”

我点点头。

“想她吗？”

我想了一会儿。

“有一点儿。”

雷炫偷笑。

“你姐呢？”

“我姐？”雷炫道，“应该对你印象不错。”

“为什么？”

“你和她走了很远吧。”

“不，只是任务。”

“我没见过她和一个人，穿梭那么多时空。”雷炫眼珠子溜了溜，“而且那男生还是年龄较小，职位低微的。”

“你在说我吗？”我忽然想起，我从来不知道雷霜多大。

雷炫正待回答，清儿便走过来了。

“还差两人，怎么办？”清儿道。

雷炫自告奋勇，跑到学生丛中走一圈，便拖了两人回来。

“这位小男生是诺亚，这位娇俏可人的是德兰。”清儿热心地介绍着。

五人小组集合了。

我，时若飞，来自香港。

雷炫，来自时间管理局。

清儿，来自北宋汴京。

诺亚，来自 16 世纪的法国。

德兰，来自 20 世纪的英国。

这时，李烨教授却道：“忘了告诉大家，找组员的技巧是，尽量找一些来自不同时代的人，最好相差 1000 年以上，组员来自的时代愈广，对大家搜集资料便愈有利……”

清儿先是一呆，然后笑了，大家都笑了。

这是我们在时间大学的首度相遇。

闪

“李烨教授，我有问题。”诺亚忽然问道。

“说吧。”李烨正在津津有味地吃着玉子豆腐，头也不抬。我很清楚李烨教授，他表面上满不在乎，却一直留意着我们的一言一行。

“我想问，随便在时空里留下了一颗银琉子果实，结果在百年之内，便改变了整个行星的生态环境。那么，现在我们不但在这个时空现身，还吃了一大顿饭，影响不是更大吗？”我们到了 21 世纪某间餐馆吃饭。

“好问题。”李烨教授抹了抹嘴，精神饱满，“我先不说出答案，你们对这个问题有什么看法？”

诺亚先发表他的看法。

“我认为，会产生极大的影响。例如，我吃掉了这串羊肉串，那么这店的生意好了，老板的收入好了，他就会生一个儿子，然后那儿子刚巧又是拯救世界的大英雄，就像那部地球古典电影，叫什么战士……”

“《未来战士》。”我插嘴，“时空大学必修电影。”

“我认为对历史也有很大影响。比如说，我们来这家店吃饭，占了六个座位，那么，本来要来店吃饭的一些人，因为这家店满座而被迫到其他地方吃饭，有了另一些遭遇，改变了原有的历史走向。”娇小的德兰道。

“你们都说得不错。”李烨教授说道，“是混乱老师跟你们说，北京的蝴蝶拍动一下翅膀，可能会导致纽约的天气大变吧？”

混乱老师，那怪人。

“有没有其他意见？”李烨问道。

“我认为，只是来吃饭，影响不会很大。因为，吃掉这羊肉串因而导致产生一位人类大英雄，是需要很多很多巧合的，要碰巧那老板要生一位儿子，又碰巧那儿子很能干……”雷炫说着。

我与雷炫心里所想一样，接续下去：“我也这样认为。有‘时空之神’之称的艾萨克·阿西蒙夫曾说过一个譬喻：这店里，有无数的空气分子，任何几个空气分子，横冲直撞，或者突然多了几个空气分子，也不会影响这店内的温度，也不会令店内的人窒息。因为滋事的空气分子，不过占总体的亿万分之一，而它们的影响又如此的小。”

雷炫给予我一个“厉害”的眼神。

“说得好。”李烨说。

“我们的出现到底会对历史造成多大影响，说实在的，我不知道。”李烨说道。

大家静默。

身边响起食客和伙计的声息，午饭时间，人渐渐多起来，谁也没留意饭店中央，有六个人在静静地端坐着，谈着光年以外的事。

“因为，在一个已定的庞大程序内，突然插入一些极轻微的变数，到底对庞大程序有多少影响，还是根本不影响，涉及的计算极度复杂，在40世纪以前，没有人能开发这一门复杂的科学，也没有任何超智电脑能担任这种运算。”

李烨顿了顿：“但是，我们局里有许多来自不同时代的科学家，配合他们时代的超空间行星电脑——单是记忆体就有整个月球般大小——我们才可以精确地计算出来。”

“你还未说我们这次吃饭的影响。”德兰嘟嘴嚷着。

“我刚才说，我不知道。”李烨说，“因为我们还未把资料输入局内。胡乱的个人猜测，一定无法准确预计后果，可能招致更大恶果。只有靠超智电脑的准确运算，才可以‘微调’。时间管理局，并不容许个人主义。”

众人似懂非懂。

除了我和雷炫。

雷炫对“微调”没有意见，他的家族事业，根本就是“微调”。

“说回这羊肉串，”李烨突然道，“雷炫少爷，你想到了最佳的吃法了吗？”

最佳的吃法？

雷炫呆了呆，马上定神：“想好了。”

李烨点点头：“不愧是大统领的儿子，这么快便掌握了‘倒流层递式微调’。在‘微调’过程中，敌人愈来愈难对付，我们不得不开发更多的时光技术，来保护自己，抵抗敌人。”

倒流层递式微调？还有，时间管理局会有什么敌人？我望了望雷炫，他挑战似地回望我，没打算回答。

“各位，”李烨神情严肃起来，“历史是一道长河，对历史一定要有宏观的看法，河水中难免有些沙石，阻慢河水速度，可是，河水还是得流向前，走到更远更远，对吗？”

雷炫大力点头，我没有。

河水中的沙石。我知道李烨在说长江那件事情。

灾民是沙石吗？

在地人是沙石吗？

如果那些灾民，是李教授你的家人又如何？

不，超空间里的许多人，都是组装人，说不定李烨也是——他对每个时代都没有感情，都要“宏观”，对吧？

我不喜欢这样。

我不喜欢李烨。

我想起了林耀德的脸孔。

“微调有罪，顺应自然！”

这时，店内响起了音乐，之后是歌声：

When will I see you again.

When will we share precious moments.

Will I have to wait forever.

Or will I have to suffer and cry the whole night through.

芊芊……

我可以回到自己的时空——被列作禁飞区的时空吗？

闪

赶过来，还是迟到了。

这天的课，由我最不喜欢的混乱老师任教，全是些理论课，内容主要讲授几种不同时代的时间旅行方法。

1．最古老的威尔斯光子加速器。

2．虫洞时光旅行法。

3．原装版的 iTime。

4．iTime 第 2 代：Galaxy。

5．iTime 第 3 代：iTime – Pad。

6．iTime 第 4 代：Tolex（Tolex 的“移山填海功能”，当中的“愚公系统”及“摩西系统”救了我一命）。

7．坐驾型时光机（外貌可变化，不过多以出租车形态出现）。

8．最新型号的脑植入式时间旅行系统。

大部分我都见过，有些还使用过。

那羊肉串的最佳吃法，是不是时光机的一种？我不知道。

混乱老师衣装不改，又是一派优雅模样，自顾自在喋喋不休，而那台古老的 8 厘米摄影机静静躺在桌上，似乎是他的心肝宝贝，一步不离。

比较起来：

已失踪的黄景亨亲切；

李烨很严肃；

而混乱老师嘛，太乱来了，想起那次众人重重跌在黄沙堆里，混乱老师倒像一名乱来的私塾老师。

“各位同学，”混乱老师突然道，“时间旅行的方法，大抵就是这几种。其实，时间到底是什么？如果时间是一条长河，那么我们除了运用顶尖的科技逆流而上，还有没有什么方法可以轻而易举地回到过去？”

混乱老师从怀里掏出一具烟斗。

“这是一个老朋友送给我的烟斗。我不喜爱这玩意儿，大家是知道的，只是老朋友多年前去世了，他留下的只有寥寥几张相片及几本书，还有这具烟斗——一具老式的石南根制的烟斗。这石南根烟斗的木料和烟草，在燃烧时会互相交换它们的液汁及香味，相互融合，于是，烟草凹处，总保留了一点点的、每种在这烟斗中抽过的烟草的芬芳香味。”

混乱老师沉醉在回忆当中。

我醒过来，听着。

“老朋友的烟斗，放在某一抽屉中好多年了。某次我发现了，便将之好好清洁一番，然后放入一些我手头上现有的烟草，静坐下，试抽这烟斗。数分钟后，奇妙的香味就从这烟斗中飘荡弥漫出来。所有老朋友在世时，在不同的时间、不同的场合下，在我无法知道的地方，用这烟斗抽过烟草后，被锁在这烟斗中的各种芬芳气味，都逐渐地出现，回流到这屋内。有一阵子，我似乎觉得时间好像被一道科技以外的力量，扭曲成一种状态，我仿佛回到了过去。”

众人静静地。

混乱老师直勾勾望向我，好像每句话都是对着我说的似的。

“这就是一种时间旅行，如果你不坚持时间旅行该用什么方法的话。”混乱老师说着，把课结束。

“我宣布，本学年第二次的正规任务，由你们担任，时若飞、雷炫。”

正规任务？

第六章　合　作

闪

我。

雷炫。

任务规定两人一组，两人必须身处不同时空坐标，然后互相配合，完成指定任务。

我现正身处的一条后巷，是这个时代这个城市中的贫民窟最中心处，一切因贫穷而起的丑恶之事，全部会在这里发生。

虽然没有夜视镜装备，但是单凭声音，已可推断周遭环境：前方转角是一位酗酒老汉的喃喃自语，夹杂几下呕吐声；一墙之隔的是妓女造作之极的声音；还有远处零星的吆喝打斗声。

我小心翼翼地进入仅供两人并肩而行的另一道窄巷。

看了看手上的 iTime 资讯：

任务规定我要追踪一个人。

那个人外号“傲飞”，本来是贫民窟的一个小小头目，今年 40 岁，坏事做尽，凭个人本领，一步步攀上黑道权力高峰。

不止这样，他更建立了奥姆教，信徒甚众，敛财敛色，一言蔽之，从任何时代看来，奥姆教都是邪教。

最近，他的团队更与一些激进小国合作，偷运核弹进入大城市，借引爆来威胁大国，释放小国的政治犯，还有奥姆教徒。

傲飞比那些激进小国的头领更恐怖：他根本不是想威胁大国取得什么利益，他彻头彻尾，就是想引爆核弹。

真正的恐怖分子，想要的不是利益，他们只是制造恐怖，宣告新世纪来临。

白痴。

任务很简单：我们不但要傲飞的命，我们更要他讲出核弹的位置。

问题是，不知何解，这时代的干扰很严重，我们无法透过时空电视看到核弹布置的前因后果（每次这样，我都会想起时空公会。所有干扰或禁飞区，是否都是时空公会的计谋）。

总之，傲飞是唯一线索。

陡地，身后传来典型的流氓讪笑声："Oh！看看是谁来了！"

我不用转身，也知道发声的是傲飞，随行还有十多人，全部穿着老土的神职人员服，人人持枪，而我有的，只是手上的 iTime，还有耳边那小如米粒的时空耳机。

"外国人也斗胆进入奥姆教的大本营'红区'观光，你死一百次也不够啊。"身旁的喽啰笑起来。

傲飞完全没有笑，面容如石刻般分明，坚决而谨慎，看得出是个为了理念而不惜一切的人。

我知道他脑海里只在想一件事：

我只是个不幸的普通游客，还是为了核弹而来的特工？

资料显示，前天他们才把一整队来自各国、为找出核弹位置而来的特务人员全数处决。

虽然“时间管理局”的技术人员，一直在监察我的任务，可我还是不免有点紧张，头顶冒出豆大的汗珠。

为什么？因为这次既是任务，也是训练，训练的，是分处不同时代的时间管理员的合作技巧。

大部分的 iTime 功能都被封锁了。

除了通话和视频。

“你到底找到目标没有？”我咬紧牙狠狠地道。

闪

雷炫身处另一时空。他所见所闻，直接在我脑中播出。

这是“多人行动”模式。

像……

玩游戏机的时候，两人对打网球，电视画面便被分割成左右两边，一人看一边，专心应战。

我脑海里就是这样的情况：

左面，是我眼里看出的景象。

右面，是雷炫眼里看出的景象。

我俩进行超时空联网，负责的，就是雷霜。

这一刻，雷炫同样处于黑暗中，情况好得多了。

他早已抵达目的地，看来也早已找到目标。

那是旧城的孤儿院，晚上灯火尽灭，各种年纪的孤儿也被迫提早入睡。

雷炫面前的，是一个小孩，年纪不过 5 岁，眼神天真无邪，眨着大眼看着这位凭空出现的午夜来客。

说是凭空出现，一点儿也没有夸张。那残旧的房门仍是紧闭着，窗子也关上，雷炫是“闪”来的。

雷炫，向小孩步步紧逼。

没有犹豫，大步流星。

闪

我不断移动着，即使没有 iTime，我的体能仍可高速避开数十人的围攻。

“砰！”垒球棍击在我刚刚的位置。

任务不是要我收拾傲飞，而是要套出核弹位置。

下一秒，我突入傲飞怀里，施展一记右勾拳，将傲飞狠狠击中。傲飞闷哼一声，挥拳还击。

噢！我佯作受伤倒地。傲飞一脚踩着我的头。我的头发沾满了地上的污水。

一如所料，我被缚住，严刑拷问，我也配合得很好，声称自己是“神的使者”，要来拯救傲飞。

神的使者？傲飞当然不信。

因为雷炫还未开始。

闪

我的脑海，同步出现雷炫的所见所闻。

雷炫走近小孩。

“你是谁？”小孩道。

“我是神的使者。”雷炫道。

“神的使者？”小孩十分好奇。

雷炫走近小孩，在他面前，用 iTime 变了好多食物、衣服出来，看小孩的神情，欣赏变出来的过程更甚于变出来的物事。

小孩开始相信他是神的使者了。

雷炫举起小孩手臂，用激光刀轻刮一下，印了个 Hello Kitty 图案。

“痛！”小孩缩手。

“这是神的印记。是神和你之间的秘密。”雷炫道，“如果有人知道这印记，便是我的同伴，即是神的使者。你要好好听他的话。”

闪

“这是神的印记。是神和你之间的秘密。”我一字一顿向傲飞说道，眼前的中年傲飞脸色大变，颤着拉高自己的手臂衣袖，果然看到一个小小痕迹，上面有着一个模糊的胎痕，很难看出那是 Hello Kitty，不过那肯定是：“如果有人知道这印记，便是你的同伴，即是神的使者。你要好好听我的话。”

他神情迟缓起来。

一组新的儿时记忆，Updated 上心灵。

傲飞马上跪下来，众人也是。

“我等你等了数十年了，神的使者，怎么你现在才来？”傲飞一脸谦卑。

“现在，你可以告诉我，你进行的‘人类大清洗’计划中，那核弹放置的位置了吗？”我边问边自行松绑。

傲飞如实相告，雷霜取得坐标，即时派队拆弹。

闪

这时，我看到另一边的雷炫，不屑道：“你们这些恐怖分子，我最恨，你说了位置，再没生存价值了。”

他举起手上的大军刀，向前一挥，小孩脸上被划出一道长长的血痕，血花飞溅。

小孩惊恐地看着眼前人，感受着脸部血水冒出的湿漉漉感觉。

“你不是说你是神的使者吗……”小孩惊惶极了。

闪

这边。

傲飞忽然感到脸上一凉。

紧接下来一阵炽热难挡的痛楚席卷了他的面部神经，面部像要裂开一样。

奇怪的是，下一秒面部痛楚迅即消退，颊上的皮肤却紧绷起来，嘴角被微微扯动。

傲飞举起手，摸了摸脸庞，居然无端多了一道已结焦多年的刀疤。

再一组新的儿时记忆，Updated 上心灵。

“呜啊！我记得了！”傲飞大叫，“那自称‘神的使者’的混蛋，在我小时候半夜袭击我！你知道胎记的事！你和那人是一伙的！”

傲飞冲上来，拔出腰间小刀，向我一刺！

我连忙滚开，妈的！雷炫，怎么坏了大事！

身后已是石墙，走投无路。

闪

那边。

小孩号啕大哭起来，哭声震动了整座孤儿院。

那么深的面部伤口，血把整张脸都染红了，怎会不哭?

闪

我看到傲飞拿出手枪。

“有枪!”我向35年前大叫。

闪

“放心!”雷炫沉声道。迅即“闪”身向前，举起巨型军刀，朝小孩手臂砍落。

手臂掉落地板上，发出轻轻声响。

小孩突然止住哭声，他在奇怪，怎么自己的手臂会滚在脚前?

闪

中年傲飞手上的枪掉落地上。

他那强壮的、布满文身的左手不断震动着，然后整条手臂忽地萎缩，缩小缩小缩小……整个左前臂如凋谢的树枝般，变成极细的一条肉条，然后再缩再缩，最后整条手臂完全消失，只剩下肩膀上暗红色的伤口。

傲飞左手没了。

傲飞完全疯了，吼声震动后巷。

周遭的小混混也乱成一片，傲飞凄厉的叫声使整个贫民窟都醒过来。

“雷炫，快收拾残局!”我跑向一堆破烂木箱后面。

我还未说完，木箱已被踢开，傲飞冲过来，用仅剩的右臂抓起我的颈项。

颈项格格作响。

“怪物！”傲飞狂嚎。

“雷炫！”我急道。

“别怕，‘在地人’，你比他狠就可以了。”耳机里传来雷炫冷静的声音，一字一句，“你看到身边那些木箱吗？木箱后的石墙，由下而上第二格，由右至左第三格，推开就可以了。”

我奋力伸手摸向石墙。傲飞紧抓着我，我想移动一点点也不行。

石墙第二格……第三格……砖头。

找到了！

我用力一推，伸手一探，拿出一把一看已知是陈旧的、生满铁锈的军刀。

我再也不敢犹豫，使劲向前一挥，军刀抹向傲飞的颈项。

傲飞看着那似曾相识的刀子，慢慢倒下。

闪

而我看到的景象是：

身处35年前的雷炫，刚说完“推开就可以了”，便拿着刚砍下小孩手臂的大军刀，改动自己的时空坐标，“闪”进一处仍在施工的区域：这城市的“新区”。

“新区”顾名思义，是城市新发展的区域，规划整齐，因夜夜游客闻名而至，“新区”又名“红区”，取其火红热闹之意。

雷炫在区内走着。区内静得很，刚搬来的人不多，他很容易就找到了一间砖砌的屋子。

他看着手上沾血的军刀。

他摸着石墙由下而上第二格，由右至左第三格，把刀子收进去，以作多年之后，我用。

任务完成了，好险。

闪

“合作愉快！”耳机里传来雷炫轻快的声音，我知道，我的狼狈，和当日我跳上“空军一号”时他的状况一样，这小子在报仇。

“你执行任务时，像换了另外一个人。”我道。

“我们组装人是专业的时间管理员，”雷炫自豪道，“阿飞，你始终不如我狠。”

我正想回话，谁料，意想不到的事情发生了。

“很出色的合作。”一个声音响起，我和雷炫呆住了。

“幸好你们日后反目，要不然一起合作，我们时空公会可应付不了。”

时空公会？

话音未落，我和雷炫两人狠狠撞了个满怀。

也不知道是雷炫越过35年而来，还是我被送到35年前。

然而，我们揉着头，站起来一看，这里既不是孤儿院，也不是后巷。

这里是，球场。

我们站立的位置，刚好是底线以外。

球场内两队人物正在激战当中，球来球往，即使我不太懂足球，也看得过瘾至极。

两队的风格各异。

单看裤子吧，都是短裤，但有些较长，有些较短。

球衣呢，有些长袖，有些短袖。

还有发型。

“你觉不觉得，有点怪？”雷炫目不转睛，盯着场内每一个人。

我点点头，可是又说不出来有什么问题。

“他们，好像不是同一时代的人。”雷炫又说。

“坐标？”我有点儿不安。

“被干扰。”雷炫道。

被干扰？也就是说，我们不知道身处什么时空。

是谁把我们抛来这儿？时空公会？

这时，足球自场中直飞过来，直轰向雷炫面门。

好一个雷炫，也不慌张，作势准备回踢。

砰！

雷炫踢了个空，整个人跌倒在地。

球呢？

没有如所料飞过来，反而是硬生生停在边界上方，凝在半空，像被一堵透明之墙吸着。

下一秒，球被无形之手抛回场内。

“要不要上来坐坐？”

我别过头，雷炫的表情同样惊慌。

声音在身边响起。但没有人。

“既然人类可以穿梭时空，那么把我的‘声音’转移到你们身边，也不算是什么难事吧？”

我俩张惶了好一阵子，终于，看到他。

坐在远方、空无一人的巨大观众席上，他，正看着两队激战，看着我们。

一头白发，眼里精光四射，一身西装，大嚼口香糖，就像曼联队的教练，福格森。

我俩相互点头，一起“闪”到“福格森”身旁，他没有任何吃惊的表情。

“我没看错的话，”福格森手上没杯，红酒液体却自动聚成杯形，在掌心以上缓缓转动，“你们是时逸仙的儿子，还有雷达之的儿子？”

我们面面相觑。

我大吃一惊，认得我！我早说老爸不是开出租车那么简单的！

“居然派出未来两大权倾时空的高手来到，时间管理局真看得起这颗核弹。”福格森道。

整个时间管理局花了数个月，仍不知为何核弹一事无法被侦察，理由很明显，是他！

“不过也好，换句话说，如果把你们杀灭于此时，那么日后就不会再有时间管理局，和时空公会了。”

我与雷炫在千分之一秒间，把手伸向后，紧抓着腰际的 iTime。

不过，福格森更快。

只见金光一闪，我突然眼前一黑。

我看到了——

地球！

地球？

接下来，呼吸困难。

天，那厮的“被动式时空转移”不亚于混乱老师！我被转移到外太空！

我时若飞可不是省油的灯，在半秒间拇指一抖，下一秒即“闪”回球场，看到好整以暇的福格森，我随即连消带打，举起 iTime 一挥——

座椅化为粉末。

我把座椅的物理时间推后百年。

雷炫则浑身湿透。

“别问，”雷炫狼狈地道，“我被转到马达加斯加海底。”

福格森缓缓浮在半空，眼睛仍在留意赛事，像一位教练，多于一位穿梭时空的人。

我与雷炫再度举起 iTime。

白光闪现，这次福格森没有挡格。

“好！”我心里叫道，下一秒随即失望。

一道金光在他身旁出现，彻底保护着他。

物理攻击无效，时能攻击无效。

福格森比我们想象中难对付 100 倍。

场内的比赛仍在继续。

“你们认为，哪队会胜出？”他问了个没来由的问题。

“那要看球员名单了。”我答着。雷炫则眼睛骨碌碌转动。

“啊，不知道吗?”福格森手一挥，文字出现在半空，“趁姓雷的小子在想办法杀我的时候，我给你看看名单吧。”

Edson Arantes do Nascimento Pele

Diego Armando Maradona

Johann Cruyff

Marco van Basten

Michael Owen

Paul Scholes

Zinedine Zidane

……

我看傻了眼。

不待 iTime 翻译、单看拼写也可以知道——

斯科尔斯对马拉多纳!

齐达内对贝利!

那是……一场超时空的足球比赛!

“胡乱使用穿梭时空技术，满足一己私欲，难怪时间管理局要缉捕你回去。”我道。

“三句都有错。”福格森马上道，“首先，我没有胡乱使用，乱用的只是时间管理局，那些‘微调’计划，错得很。”

雷炫像下定决心般，边听福格森说话，边在 iTime 上高速按着。

“其次，那不是我的私欲。那是球场上众多球员的要求——谁不想与上一代、下一代名宿决战呢?对一位已攀上顶峰的球员来说，找不到旗鼓相当的对手，简直比死更难受。”

雷炫举起 iTime。

“最后，时间管理局不是要缉捕我回去，”他道，“而是，想取回我身上的某种时间旅行技术。”

这时雷炫低声道：“你上次不是想知道羊肉串的最佳吃法吗?”雷炫道，“我现在告诉你。”

雷炫消失。

闪

脑里画面，分割!

多人行动模式!

右面：雷炫。

左面：我。

只见雷炫冲向一位少年，不用说，那是少年时代的福格森。

资料显示：少年今年 17 岁。

少年福格森露出惊呆的表情。

“杀掉少年的你!”雷炫叫着，手上多了一柄大刀，由雷霜传送过来，准确至极。

手起，刀落。

少年福格森的头颅滚地。

闪

我静静等待着。

期望眼前的福格森，突然消失。

过去的自己死掉，怎会有现在的自己。

“过去犹如沙滩上的沙堡，被海浪冲走，沙堡将不复存在……”福格森念着诗句，时间大学混乱老师教过的诗句。

福格森对我笑着。

闪

脑里右方的雷炫也一脸惊奇，他也“看”到球场这边的福格森，仍活得好好的。

雷炫看了看地上被斩首的尸体，举起 iTime，准备到另一时空。

我看着资料显示，知道雷炫想干什么了！

资料显示：少年 16 岁。

雷炫要回去，再杀掉福格森一次，在 16 岁的时候。

手起刀落。

然后，一身鲜血的雷炫，透过联网，看到我这边的中年福格森，仍在笑。

“你没法杀死我的。”福格森道，“我拥有最新技术‘祖父的保护罩’，即使过去的自己、我的父母、我的祖父们……被斩草除根，也不会影响到我这棵树木的茁壮成长。祖父悖论在我身上起不了作用。”

我……一点儿也不明白。

雷炫明显也是，因为他再回到两年前、三年前、四年前……

一次又一次。

“停止！雷炫！”我不忍看下去，他已挥刀斩下第四颗头颅了。

“让他去。”雷霜狠道，“不杀掉时空公会的人，时间管理局一定有麻烦。”

他每走一步，便是一个时代，举起一刀。

把 15 岁的少年杀掉，然后再回到过去，

把 14 岁的小孩杀掉，然后再回到过去，

把 10 岁的小孩杀掉，然后再回到过去，

……

直到把襁褓中的婴儿杀掉，

直到把福格森的父亲杀掉，

直到把福格森的爷爷杀掉……

还有……

我大口喘着气。

一直叫停。

他做的一切与我连线着。我看到、听到，连大刀砍进骨头那怪怪的声响也听得极清楚！

雷炫杀红了眼。

雷炫走了足足 27 步，上溯超过十多代。

斩草除根。

他杀了，

那么多人！

我明白了，真讽刺，这居然是羊肉串的最佳吃法了！

羊肉串的最佳吃法，不在于烹调，而在于数目！

如果一种食物好吃，最好的方法，就是能经常吃到。如果羊肉串只有一串，我在这一秒吃进肚子，如何能再尝美味？

我只消回到 30 秒前，或把 30 秒前的羊肉串拿过来，

再吃一次不就行了吗？我总数可以吃两串！

咦，慢着，30 秒前的那串被我吃掉，那么现在这串还会存在吗？照理说 30 秒前那串被我吃掉，现在这件会马上消失啊！

可是，我确实吃掉过现在这串！

只是，现在这件，应该在肚子里消化中啊，会消失吗？但消失又如何？我始终有“吃了现在这串”的记忆啊！

如果我贪吃，再吃一分钟前那串、两分钟前那串、三分钟前那串，只要那羊肉串是一小时前弄好的，我可以吃 60 串！

这就是“倒流层递式微调”。

不过，后世对这种技术并没有什么赞扬之处，毕竟时空技术的变化之多，大家是知道的。

后世记载的，反而是雷炫充满血腥的“二十七步杀”。

这也是他性格变化的转折点。

闪

福格森看着我，一脸不屑。

“这就是你们时间管理局的作风了。”他沉声道，“唯我独尊，排除异己，你明白你在为一个什么样的机构服务了吧。”

脑海里，雷炫已不知到了什么时代，体力透支，跪地喘气。

雷霜不断在校正着资料。

“放心吧，时家小子，我说的话，不会被他们听到。”福格森道。

我突然灵光一闪。

“你认识我爸爸？”我道。

“你爸爸是伟大的人物。没有他，不会有任何时光机。”

“那么，你还认识……”

“对，黄景亨。时空公会的学院派，但不知所终。”福格森叹道，“混乱老师嘛，反而有点交情。”

“林耀德呢？”我再问。我想起了在时空公路他被抓走那一幕。

“那小子，技术不好，用这种物理方式攻击时光大楼，怪不得被抓。”福格森叹了口气。

我吸了口气。

“你到底是谁？我爸爸到底与你们有什么关系？”我问。

福格森沉吟半晌。

“想找答案的话，很容易。”

我望向他。

“回到过去自己看。”

“我的过去是禁飞区。”

“在时空，没有什么是禁飞区。”

远方响起入球的喝彩声。

雷炫“闪”回来了，一身血污，眼神杀得血红。

然后是他那惊呆的表情。

因为这回，轮到我在他眼前消失了。

闪

被动式时空转移！

福格森把我转移了！

我马上闭气，反射性地抓着 iTime，准备按下 undo 键，把我送回球场。这是我第三次离开地球了！

然而，这次我重重地摔在草地上。

好软，好舒服。

远方，是一座拔地而起的超高楼，顶端没入在闪着电的乌云中。周遭是一片草原，微风吹过，掀起一片草浪。

“你是谁?”

我循声回看，是位金发小孩。

好脸熟。

刚才的连续两场战斗中，我看到了傲飞的少年时代，还有福格森的童年。这小孩是谁啊?

“你是谁?”小孩再度问。他长着一头金色头发，眼神有那么一点畏惧，但视线从没离开过我。

“我是时间管理员。”我说。

“你是突然出现的。”他道。

当然，时间管理员不会坐地下铁过来的。我正想再问他一点什么，谁料小孩这样说。

“爸爸说，我的一生全是他人的禁飞区，没有任何人可以通过时空穿梭来到任何年纪的我的身边。”小孩定睛看我，“如果有的话，那一定是敌人。”

“你是小时候的雷炫?”我恍然大悟，“你和长大后一模一样，样子高傲得很。喂，我是时若飞，要在你 16 岁时才遇上我，那时候……”

然后，是小雷炫手上的 iTime 蓝光大作，响着警号。

小雷炫一脸惊慌，看着半空：“你果然是刺客!”

“什么鬼刺客……”我还未说完，发现上空传来一阵刺耳的声音。

接下来，是一阵炫目的白光，周遭草木全被炸飞，紧接着的是剧烈爆炸，热爆风冲击着视野每一角落，高楼沐浴在热火当中……

这是……

核爆！

核弹是从哪里来的？

我本能地用手护着脸部，却发现浑身上下一点儿事也没有。

小雷炫站在热爆风当中，全身亦是透明状态，白光映得他脸庞雪白。

“你果然是刺客。”

我向他伸出手，发现自己是透明状态。临消失之前，我见到巨大的蘑菇云在超高楼旁边，冉冉升起，与超高楼奋力比高。

闪

我花了好久，才适应眼前景物。

我回到了球场。

福格森哈哈笑着，这回是他变回透明状态，不，他是准备离开这个时空了。

至于雷炫——16 岁这一位，站在我不远处，脸色发青，不可置信地看着我。

“刚才好险。我被转移到小时候的你身边……”我说。

“原来，我小时候经历的那场差点死掉的核子打击，是你造成的。”雷炫声音听起来很陌生。似乎，有新的记忆 updated 到他的脑海。

“你知道那核弹不是由我运过去的！甚至连我也是被送过去的！”我开始弄清事实，“你不会笨到以为我会回到过去，把你‘斩草除根’吧？”

雷炫摇摇头。

“关键不在于你回到过去做什么，”雷炫低声说，“关键在于，你能回到过去有我的时空，接近小时候的我。”

我也不知道，为什么我可以闯进他的禁飞区。尤其他是时间管理局的下一代领导。

“爸爸说，我的一生全是禁飞区，没有任何人可以通过时空穿梭来到任何年纪的我的身边。”16 岁的雷炫定睛看我，已确定我是敌人了：“如果有的话，那一定是敌人。”

第七章　在地人·组装人

闪

我有太多问号，让我归纳一下。

福格森是谁？是时空公会的吗？为什么要把我送回雷炫小时候？核弹肯定是福格森“赠送”的，是要借我回去的时候，把核弹顺道送过去，进行攻击吗？

雷炫挥刀不断杀死福格森，每一秒我都记得。我一直在想：

有必要这样进行“灭族”吗？

有必要进行这样的“斩首”吗？

我与雷炫开始少见面，上课不再坐在一起。

我闭上眼，脑里便看到小孩傲飞、少年福格森，一次次被杀。

奇怪的是，脑海影像里还包括了雷炫小时候。

闪

某个夜晚。某间酒吧，我们一群久未见面的时间管理员，约好在这里聚会。我们之中，有些是刚完成任务，有些则是完成练习，相同的是大家都感到很累，想放松一下。

酒吧外的风景，逼真至极，变化万千，时而是阳光普照的湖水，时而是白雪皑皑的山脉，下一秒又变成从太空俯瞰地球的美景，这种风景装置，我在前往时间管理局的列车上，与阿正一起看过。

不过，风光有多吸引也不重要，因为我们谈的话题更吸引。

我、德兰、诺亚、清儿，还有几位同期的，在谈论着我们的任务。

其中一位叫小骞的，是中国人，自幼仰慕汉代通西域的张骞，所以在自选任务中，也选取了“接触”类的任务。

他带领几个时间管理员，前往汉代，然后径自召集了不少官员、带了不少礼物，浩浩荡荡，一路向西走。

“你这不就是通西域吗？与你的偶像张骞有什么不同？”诺亚失笑，“说不定你回到过去，扮演了张骞的角色。”

“我也想过是不是这样，因为我在汉代不知为何找不到他。不过，这并不重要，因为我的目的不是找他，而是改变他原来的路线。”小骞说。原来，他一路向西走，一路走到很远很远，居然走到了当时的罗马帝国。

“那么远？中国不可能那么早和西方有文明接触的。”我吓了一跳，我就读的杏坛中学，那位任教中国历史科的女教师“杨贵妃”，外形肥胖，但教书还是很不错的。我知道，中西文明正式开始接触，大概是到元代时，意大利人马可·波罗来华算起，再后来，是清代，外国使节来华，但国力相差太远，结果在坚船利炮下，清大门被迫打开，之后是八国联军，之后……

“是的，这样的历史太糟糕，所以，任务是提早让两个文明接触，我是马可·波罗——汉代的。”小骞挺了挺胸。

他继续说下去。他带着这队汉代使节，成功与遥远的罗马帝国建立了外交，两个文明提早开始交往，文化、艺术、科学、人才来回往返，直接促使了两个文明兴盛。

“那么……”清儿也是中国人，现场最关心中国历史的，还包括她。

“最后，两个文明在公元10世纪，国力同时达到了顶峰，并维持微妙的均衡态势，同步发展，同样地强，却没有爆发大型战争。至于中国清末被入侵的历史，更从没发生。”

历史被改变了。

接下来是苏平。苏平被派往古希腊。原来的历史是，希腊被马其顿入侵，还有后来的神圣罗马帝国入侵……

“问题是，如果希腊没被入侵，继续发展高度文明，在差不多衰落的时候，才被神圣罗马帝国入侵，取而代之，那么罗马的文明起步点就会十分高，之后的发展亦会较快。”苏平道。

大家在消化着。

“或者这样说。一家企业里，任董事长的父亲正在努力经营事业，但却突然被儿子取代，儿子成了董事长，继续公司营运……”

“你的任务就是，让父亲先继续努力，建立更稳固事业，垂垂老矣之际，才由儿子取代，那么儿子起步点就会较高，企业成就较高，对吧？”我插嘴。

“不愧是阿飞，没错，”年纪比我大的苏平道，“我就是带领时空部队，降落到希腊不同时代的几场重要战争中，保护希腊，免其过早被取代——虽然被取代是一定会的，但时间上可以延后。”

我听着听着，隐隐想到点什么。

时间管理局的这些行为，已经不是“微调”了，据局内所说，已经算是“宏调”级，不过，可以肯定的是，时间管理局的方向，确实让人类文明愈来愈“好”，战争大量减少，也就是说令人类文明迅速、提早兴盛起来。

不过，这样做，又是为了什么呢？为什么要这么早就强大起来？

我相信众人和我想法一样，因为大家陷入了深深的沉思中。

这时德兰发话了。

“我没有大家那么伟大呢，”娇小的她说，“我只是四处放笑气和毒气。”

大家先是一怔，然后忍不住哈哈大笑起来。

“哈哈，放笑气……和毒气？”诺亚反应最大，“你在逗我们开心吗？”

德兰也笑着，然后徐徐道来。

古时的医术，不怎么高明，许多人受伤，第一时间不是去找医生。因为找医生，就要施手术。可是，不论外科内科，在古代，是没有麻醉科技的，许多人其实不是受伤至死，而是痛得休克至死。

还有孕妇。古代孕妇难产，是死亡的代名词。没有麻醉药，任何孕妇都无法经历十级以上的痛楚。

“所以，我带着这罐浓缩笑气，穿梭各时代，”她指了指腰间一个小罐，“这罐子是5000人的分量了。”

“可是，你救了本应死亡的孕妇……”清儿问道。

“那要看‘历史影响指数’。”德兰一说，大家都明白了。指数不高，杀或救，都不影响历史。

“至于毒气，”德兰的目光暗淡下去。她说，她游走古往今来各大刑场、集中营，什么都见识过。“古代中国的酷刑场、战场上的战俘、南京大屠杀中的中国人、德国的犹太人……”

我们反射性地瞄了瞄德兰腰间另一个小罐。这是毒气吗？

“其实，对这些人来说，死亡并不可怕，可怕的是等待死亡的过程。等待过程愈长，愈令人抓狂。”德兰说完就住嘴。

接下来，还有几位同学加入，他们的任务，比较起来，较为沉闷。

其中一位是“天灾监控”。正当我们以为是阻止天灾发生的时候，他却说自己不是救人，而是救文物。

历代天灾中，尤其是大火，不知把多少文物都摧毁掉，他要在大火前一刻，把文物转走，他刚才就是在西藏大火的前一小时，把整套“转经轮”带到总部来保存。

至于另一位，则是“专家监控”。他不救文物，救人。例如好些独裁国家里的核专家，在国破之时往往被秘密处决，这位时间管理员的任务就是要把他们一一转移到总部，直接收容为时间管理员。

众人都说完了。

“你呢，阿飞？”苏平道。

“都是杀人救人。”我道。任务指向从来都是这两类。

我举了个例子。譬如，一片大陆，在某时代，本来是统一的。但统一之下，没有外敌，不利科技发展，于是我帮地下军，杀掉君主，让地下军政变，然后国家四分五裂。300年后，该大陆由一国变作七国，各国之间，稳持微妙关系，各自为了超越对方或不被对方超越，同时努力发展科技，间接导致整片大陆的科技水平提高。

“就像21世纪的欧洲一样。我去游览时，惊讶一片大陆上居然可以有那么多小国家。”苏平最懂比喻。

“至于救人，则是拯救一些对历史有重要影响力的人。”我笑道。

“别这么谦虚了，阿飞，”苏平笑道，“谁不知道你在局里担任‘关键任务’执行者呢?”

苏平的话我是懂的。他指的“关键任务”，并非“宏调”类别，而是进出各时代，把有机会发明时光机的人干掉（例如Zuckerberg），或把时光大盗杀掉（例如傲飞），更甚者，是进行各种更高技术的时空转移实验，但碍于我的心脏负荷，这方面成效不彰。

想到我的心脏，问题始终没有解决，在时间大学的宿舍里，偶尔会痛极而醒。不过，我还好好活着……

我终于想到问题了!

“苏大哥，我、我、我想问，”我急得话也说不清，“如果时间管理局进行那么多‘微调’、‘宏调’任务，那么原本的地球历史，不是被大大改变了么?”

“那当然。”苏大哥笑着回答。

“可是，我们为什么仍在这里?”我急问。

大家静了下来，马上明白了我的问题。

历史被改变，原来应该死掉的人，被救回来；原来应该存活下来的，被杀掉，对历史已有很大影响，何况，刚才谈的是整个民族的兴趣、文明的兴衰！

“这样的改变，可能导致第一次、第二次世界大战也没出现，甚至，甚至我之前居住的地方，香港，也不是这个样子！而我……”

“而你也没可能会出生，对吗？你说得对，也说得不对。”苏平道，“我们大幅度介入，改变历史，现在的历史蓝图已经面目全非，此其一；可是，‘微调’和‘宏调’，甚至‘关键任务’根本从未停过，政策仍在进行中，到底修正后的真正大历史会是怎样，现在言之尚早；此其二；最后，就是你忘了我们读过的‘树状时间结构理论’了吗？”

我在消化着最后一句。

“树状时间结构理论”我是知道的，时间大学里有修这门课，是混乱老师教的，我还记得第一课时，他已经说过，“树状时间结构理论”，原名是“倒树状时间结构理论”或“树根状时间理论”，但因为太繁复，所以有时候简称作“树状理论”算了。

所谓“倒树状时间结构理论”，即历史像树木的根一样向下生长，一路发展，但会因应不同变数，而开叉生出另一条根。

变数愈多，分叉出来的根就愈多。

时间管理员就是制造这些“变数”的人。

然而，关键是，当历史被改变方向，朝时间管理局所谓“为最多人谋求最大幸福”的神秘路向发展时，原本该世界应该发展的方向，却没有消失，继续存在于宇宙中。

根变作了两条，但是，原来那条，并、没、有、消、失。

介入历史次数愈多，所生的根愈多。

芊芊身处的世界，是哪一条树根？

“至于你问的问题，答案很简单：我们之所以没因为历史被改变而消失，是因为原本我们来自的那个世界，仍然存在于这宇宙当中。”苏平答道。

“是无数根中的一条。”诺亚插嘴。

本来，我还想再问，我们能否从一条树根，一跃跳到另一条树根，然而，我连向上游回到主树干的能力也嫌不足，回到原来的世界更是天方夜谭。

但是，我的思绪被“砰”的一声打断。

门被推开，以雷炫为首的一群“组装人”，他们也来了。

雷炫刚一进来，便看着我们这群“在地人”。

“在地人”是指来自各时代、被征召入时间管理局的人；而“组装人”则指出生于时间管理局，其基因经过特别设计，体能与常人不同，天生适合穿梭时空，副作用也有，但远低于我们“在地人”。

其实我早该明白，两种出身的人，在“时间管理局”绝不会怎样和睦相处。

“雷炫少爷，你好!”诺亚这小子有点儿醉了，要是平日绝不会这么轻佻。他自己干了一杯，毫不客气地问：“我们刚才谈起各种任务，我正想问你，你……贵为雷大少爷，能到的时空，都到了吗？”

“尚未。父亲还有许多未踏足之处，何况是我。”雷炫装作谦虚，但语调冷冷的。从刚才进来他就没看过我一眼：“不过，去过不少，总比你们多。”

“那么，”诺亚没头没脑地问道，“哪一个，才是你的快乐时代？”

这回，雷炫没有即时回答。

“或者我这样说，什么样的时代令你感到幸福？”诺亚又道。

雷炫抬起头，想说，又说不出口。

“我好想念我居住的乡郊，想念放羊的日子，想念婆婆泡的牛奶。”诺亚径自说道。

“你可以回去看看啊！”德兰笑说。

“我只能去墓地看，婆婆去年死掉了。”诺亚道，“当然，我无法回到更前时空，看小时候的我，如何撒娇，你们知道的，禁飞区。”

一说到这儿，在座的人都绷紧了。

禁飞区。敏感的名词，尤其在这一刻。

“呀，雷大少爷，你有禁飞区吗？”诺亚说，旋又自己笑了起来，“呀，忘了，你的一生就是我们的禁飞区。”

“说话小心点，在地小子。”雷炫身后的徐汇，恶狠狠道。

“有什么小心不小心？我又不是要到雷炫的小时候，斩草……”诺亚道，我正想阻止他说下去，谁料一记耳光，凭空飞来，诺亚惨叫倒地。

远处的徐汇，手仍定在半空，复又拿起餐巾抹了抹：“‘在地人’的脸，果然特别脏。”

“好过分！”德兰赶过去扶诺亚，诺亚的脸被一记“隔空掌”打得又红又肿。“你除了欺负我们，什么都不会！果然是时空败类！”

徐汇的脸一阵红一阵白。

大家都知道德兰在说什么。是这样的，时间管理局的副统领徐天生，虽然面容冷峻，狠辣出名，但毕竟学识多，身怀绝技，传说他穿梭时空的幅度可达万年以上，是局内数一数二的时行者。

然而，他儿子徐汇，功力并不怎样，而且还到各个时代，专门勾搭美女，乱搞关系，加以凌辱。

可是，基于扰乱历史法则，他只找那些不会影响历史，或即将于历史消失的女孩，在她们生命结束，或即将遭遇横祸之前，发生关系。

这事人人皆知，但碍于其位高权重，没人作声。

“你知道我在想什么吗？”徐汇阴森森道，“我打算回到你 10 岁的时候，即你加入时间管理局之前，把你转移到妓院。虽然你长得不怎么样，但一定会有客人有兴趣的。”

“不可能。”德兰扶好诺亚后，站出来，“我是被选中的时间管理员，你若改变我的过去，就没现在的我，我就没法被征召。”

“那么，我把你妈卖去妓院呀，”徐汇说得口沫横飞，

“呀，不对，我把你的女儿，不，你的妹妹卖去妓院吧，我看她的历史影响指数很低，也不会对历史有什么影响。”

“时空败类，历史影响指数不是这样用的。”我看不过眼。

“又跟你有什么关系了？时若飞！”徐汇咆哮着弹起来。“要不是雷炫少爷护着你，你早被删除了！”

“话不能这么说，”诺亚口齿不清地说，“时大哥可是局里唯一能跳进雷炫禁飞区的人！”

诺亚再度说出了禁忌。

徐汇再也忍不住了，猛喝一声，拔出 iTime 就是一道闪光，照向诺亚和德兰。

太快了！连我也反应不过来。

砰！

一物事重重跌在桌上。

是——

一块巨大的枯木。

“够了。”雷炫放下手，说话冰冰的，“徐汇，再搞事，我会删掉你。”

徐汇眼睛有火，看着我们。

刚才，徐汇用 iTime 射出的光线，是“物件时间推迟”光线，被击中的，会急剧老去，甚至变成白骨。

在千钧一发之际，雷炫转移了树苗过来，光线击中树苗，树苗长大、生长、变老、枯死。

看这木头质地，由树苗到枯木，至少 200 年。

也就是说，徐汇好狠。他射出的光线能让人体变老

200 年。

“对时间管理员进行攻击，会受灭族惩罚。”我道。

“时若飞！别以为自己了不起！”徐汇吼道。

“你敢动我们小组任何一人，我不会放过你。”

“别忘了，时光机是雷家发明的！你只是被征召的‘在地人’！”徐汇叫道。

“没有雷家，根本不会有 iTime！”另一些“组装人”也在吼。

“没有时家，iTime 根本没‘舍利子’发动，做第一次主动式时空跳跃！”一旁久不作声的清儿忽道。

全场大吃一惊，包括我。

时家？舍利子？

清儿虽是古代人，可是却是局里最努力的一位，过去一年跟从混乱老师，极少参与行动组工作，几乎全部时间都放在历史资料整理中。

她说的话是什么意思？

徐汇望向雷炫，雷炫脸色一阵红一阵白。

只有一个可能性：清儿在说实话。

雷炫知道的。

雷炫知道这一切，却不说！

我冲向雷炫，揪住他的衣领。

“你知道我爸爸的事，你知道的！你和你姐都知道的！”我狂吼！

雷炫被我摇了又摇，然后挣扎，推开我：“知道又怎样！我一直当你是好友，从来没对你做过什么！”

“你要对我做什么?”我大叫。

“你这笨蛋，你还不知道时间管理局为什么要征召你这‘在地人’入局吗?根本不是随便吸纳人才!是因为你爸和你身上的能量!要不是我和姐姐，你早已被抽干了!”

能量?

“你有能量不好好运用，帮助我们时间管理局，继续穿梭时空走到更远，反而乱用那能量，突破领空限制，飞到我小时候的禁飞区!你知不知道你随时可以把小时候的我杀掉，然后时间管理局便没有下一代领导人了!你教我怎么相信你?”

我沉默，这是事实。

大家看着我们，我好久才回话：“那么，我和你姐的相处、和你的相处，都是……你爸安排的?”

雷炫顿了好久。

“是。但我们都是真心的。我们都是好搭档，曾经。”

我不想纠缠下去。

“我再问一个问题。”我不死心，“我爸爸和我身上的能量，到底是什么?”

雷炫望进我眼里。

大家静了好久。

“心念电转，千里一瞬。”他终于说出来，“完全不靠科技，只用精神便可穿梭时空的方法。完全没有禁飞区，穿梭时空可远达数百万年计，空间转移可达银河系边缘，甚至有机会到达‘彼岸’。你明白了吗?”

怪不得大家对我有兴趣。怪不得大家那么怕我，怪不得——

父亲不回来。

闪

无休止的“微调”“宏调”“关键任务”，杀的人与救的人，我可以计算到，但杀人后或救人后，令更多人出生还是死亡，我无法计算。

过去这一年，我不断留意“人类发展蓝图”，经调整后，果然全都朝好的方向前进，战争减少，各国兴旺，和平相处，不过，诚如酒吧那一夜苏平大哥所说，修改仍在继续，所以结果如何未知。至于还要修改多少，目的如何，恐怕只有雷家才知道。

说起来，我和雷家的人，很久没见面了。大家各自执行任务，分散在不同时空，相距何止千里。

而这些日子，我产生了一个念头：我不想再逗留在时间管理局了。

除了杀人、救人，我根本不知道自己价值何在，我想回到自己的世界，可是我知道没可能。我们现在身处这个宇宙，这条树根，要用什么方法，才可跃过去原来我来自的那条树根，这已经超越了时间旅行的范围——这已经是平行世界的范畴了。

这一年，我一直在回忆那一首歌。我和芊芊在时代广场，柏宁酒店听的那一首。

可是……

我完全忘记了怎么唱。

忘记了歌名。

忘记了谁唱。

任何搜寻器都无法找到歌曲……甚至歌者。

仿佛从没出现过一样。

那首歌，和芊芊、我的妈妈一样，留在那个世界。

我要试试回去。

宿舍中的我，把 iTime 的刻度调回 2012 年，集中精神，努力回想那个世界，寻找那个世界的芊芊。

我的拇指用力按下。

跳！

跃！

把我从这条树根送到另一条树根吧！

心脏的剧痛。

手掌的焦味。

掌中的微弱蓝光，是我眼前一黑最后见到的景象。

闪

医疗室里的 Christy 交代了几句，便转身离开。

她没有向我透露原来那个世界的一切。老实说，我连她是否就是我那个世界的那个 Christy，也不肯定。

毫无疑问，我之所以在这里，是因为我的心脏负荷不了。

我加入时间管理局后的表现一直很不错，只是心脏的痛楚从没消失过。而痛楚，以这一次为甚。

然后，她，推门进来。

雷霜。

“为什么要走？”她问。

“因为我从那里来。”我答。

“来了就是这里的。”她坚持。

“但根在那儿。”我也坚持。

“带你去一处地方。”雷霜忽道。

“不行，”我指了指周遭的医疗设备，“跳得远……我的心脏会爆开。”

“那么由我来，”她说，“抓紧我的手，用力。”

我握着她的手，她紧紧握着我。

好暖。

然后是刺耳的声音。

我眼中的雷霜、我的手、景物……全部被无限拉长，伸到视野尽头。

接下来是光影变暗，只余她手上的 iTime 的显示灯在闪烁着。

寂静。

闪

我花了好久才适应眼前的黑暗。

一点点流星，自正前方中央的光团，向我冲来，在身边高速略过。

流星无尽，我的脸庞被流星划开。

没错，我的脸庞。我——看到自己的倒影。

我赫然转身，雷霜就站在我身旁，我回头扫视，吓了一跳。

是巨大的空间。

上下四方，形成球状，不知名的仪器，极具美感地分布在周围，而刚才流星冲过来的位置，就是巨大透明的视野弦窗。

我们在……

“太空船里。”雷霜道。

太空船？

“这是人类派往外星探索的太空船之一，敬启者号。”雷霜道，我贪婪地看着从未看过的太空船内部结构。

“太空船在35世纪出发，目标是4.3光年以外的人马座星系，船上人员共2000人，船长是当时地球上最有经验的远航专家：刘磁。现正以光速的10%航行，并会不断加速。”雷霜一口气说完。

我们正不断远离地球？

从未试过的超长距离跳跃。

“太空真的好美。”雷霜说罢，球状空间陡地变化，球壁突然转成太空船外部宇宙景象，我们像浮在星海之中。

“由于以光速行进，全员休眠状态，没有人会打扰我们。”雷霜道，“最重要的是，强如爸爸，甚至整个时间管理局，也没法监测到我们在这里说过什么。因为我们本身就在一艘高速的太空船上，时间管理员无法监察高速移动的物件内部。”

我仍没法明白。

“你有什么话要秘密说的吗？”我奇道，“所以要带我来太空船里？”

“秘密是重点，太空船也是重点。”她说。

“我不明白。”我道，“过去一年，你在哪儿？”

她没有回答。

"你知道什么是'时空公民'吗?"她忽道。

我摇摇头。

"20世纪，身为中国人的，称为'中国公民'；可是，抛掉民族意识，凡事为整个人类世界，整个地球着想的，就是'地球公民'。"

我继续听着。

"有了时光机以后，我们穿梭时空，已不再是活于一时一地的人，考虑的往往是整个人类文明。这个人类文明，不单指你生存的21世纪，还有公元前，还有未来40世纪，还有恐龙时代，甚至遥远的末世：80世纪……"

我定睛看着她。

"所以，爸爸，甚至时间管理局所做的一切，都是为了整个人类二万五千年的文明着想，所有的'微调'、所有的杀戮，都是为了人类文明着想。能为最多人谋求最大幸福，这就是'时空公民'应该具备的素质……"

"所以，为了人类文明，时间管理局就充当正义使者，出没于各个时代，把一些不顺眼的人杀掉?例如能够发明时光机的人?至于对你们有用的人，你们就加以利用?例如，"我不放过她，"我爸爸，甚至，我?"

"我们没利用你爸爸和你。"雷霜说时别过头，"但我们的确面对瓶颈。"

瓶颈?

"以科技穿越时空的时光机，仍然有很多缺陷……所以当年才要借用你爸爸帮忙，"雷霜道，"现在……则借用你。"

我冲上前抓住雷霜：“我的爸爸到底在哪儿?”

“他不在这里……”雷霜道，“他要在39世纪才出生。”

爸爸?

在39世纪才出生?

不可能!

“而我爸爸雷达之，也就是雷大统领，本来安排好我和你生产出拥有超强时能的下一代。”雷霜冷冷说着，脸上红晕一闪而过。

“不可能。”我只懂说这句。

“可能的。”雷霜道，“你忘了我们可以穿梭时空，准确地看到未来吗?”

我无言。

“不过，这种可能性突然完全消失，因为你要走。现在，我窥看未来，完全看不到我俩在一起的景象。”

我明白了，因为我要逃离时间管理局。

“你选择不帮助雷家。”

“我不知道如何帮忙。”我道，“我也不打算帮忙。”

“或者，你先看看这艘舰的未来日志。”雷霜道。然后手一挥，于半空调度出一个视窗画面，上面有我不懂的文字。

敬启者号，将于舰上时间第十一年，遇到不明来历的外星生物袭击，全舰覆没，后来知道，那是伊禔星人，他们得知人类存在，决定发动百万光年大侵略，进攻太阳系。人类文明招架不了，于是雷家向当时政府，提出惊人的‘文明连结计划’，欲把各时代的资源、武器调动集中，对付外星人……

“所以时光技术才那么重要。”我大悟，“你爸爸不但要我们的文明早熟，而且要利用时光机走得很远，联络其他文明，对抗什么伊褆。怪不得他说，要赶快。”

“你明白了。”

“对。我明白了。”我坚决道，“但那是人类的事，可我……”

“人生若只如初见，你说多好。”雷霜无端道。她走过来，眼睛看着我的嘴唇，踮着脚，吻了吻我，像那晚的时代广场一样。

我闭上眼。

再睁开眼时，雷霜举起手上的 iTime，如枪般抵着头颅。

我还来不及细想，周遭空间又被无限拉长。

然后是无尽的黑暗。

第八章　压 力 舱

闪

再醒来的时候，我仍在一个不知名的空间。

但我知道，身处的，是时间管理局当中。

因为，雷大统领，正坐在一张浮空椅上，直勾勾地看着我。

身材高大的他，仍是一身披风，挂着许多不知名的徽章，腰间挂着许多不知名的仪器。

他精神矍铄，双眼有神，紧盯着我。

他吓不着我的。无论他做什么，说什么。我都不会屈服的。

但他的第一句话，就震慑了我。

“你和高悦，长得好像。”他沉声说，脸上闪过一抹忧伤。

我吓了一大跳，嘴张得大大的，久久合不上。

高悦。

高悦就是我妈妈！

“我认识你爸爸和妈妈好久了。”他这句话更震撼。

“你们……在39世纪认识的？”我颤着声，刚才的倔强完全崩溃。

“霜儿都告诉你了？”雷达之摇摇头，“她把你带到那么远的地方，把一切告诉你，真想不到。”

我没回话。

“更想不到的是，她选择了自行删除记忆。”

我愕然。想起了雷霜把 iTime 抵住头颅的影像。

“对时间管理员来说，抽掉记忆，容易得很。”雷达之表情恢复冷静，“她不想看到我所做的事，更不想记得和你的一切。”

“本来，靠你的心脏，你可以爆发出比你父亲更强的时能，可惜偏偏给未来的你换了心。”他说，“未来的你，是个难缠角色。”

我呆了呆，恍然大悟。

我想起了与阿正在列车站看黑发少年和金发少年空战的一幕。

黑发少年曾经落于下风，然后进行当场换心。

被换那人，是我？

未来的我，与现在的我换心？

怪不得我的心脏情况，每况愈下。

“时逸仙不在，你体内一样有舍利，与雷霜基因结合，威力一定更强。”雷达之径自说着，“可是，现在只好用最后方法。”

最后方法？

“我再问一次，你会帮雷家吗？”雷达之说，“或者这样说，你会为最多人谋最大幸福吗？”

我不知道，真的不知道。我只想回去。

“你知道蜗牛是什么吗？”雷达之忽道。

我没回答，雷达之续道：“蜗牛的两只触角，各住了两个国家，各据一方，建国称雄。有一次，为了领土纠纷，不惜干戈相向，结果死亡数万，战争达 15 天。”

故事我听过，是《庄子》里的经典故事，可是，为什么忽然提这些？

“人类纷争连连，却只是在蜗角之上。蜗角很小，而蜗牛在大树下，看起来很小，而大树，在地球上，只是小小一棵，而地球，”雷达之叹道，“在宇宙里就更是小得无法形容。”

我仍然不知他想说什么。

“而无尽的空间，比起无尽的时间，又算不了什么。80 世纪，不，二万五千年，在整个人类文明当中，不，在整个时间线里，只不过是一道长江中的小小弯道而已。”

我想起了雷霜说的伊禔星人事件，遥远的未来，外星人。

“我不知道这些，我，只，想，回，去。”我一字一顿。

“我也想你回去。”想不到雷达之马上道，“用你的能力，带领我们走得愈远愈好——在你被引爆之前。”

走得远？我当然不能。我没 iTime 了。

慢着，被引爆？

“谢谢你，和你的父亲，为时间管理局出力。”雷达之道，“也要谢谢你母亲，你死了后，就是她。”

妈妈！

任何人都不可以伤害她！

我的意志突然高度集中！

我紧盯着雷达之的背影。

不可以！

不可以！

不可以！

不可以！

不可以啊！

“咦！”雷达之停步，转过身，看着我。

他扯开一身军服，健壮如牛的胸膛，突然，渐渐地，竟然，亮出了一道疤痕。

长长的、斜斜地划过胸口。

他笑了。

“复仇之心好重。”雷达之笑了，“原来这就是‘幻之刃’。”

我听得不明白。

他消失了。

我就这样，被困这里。

不知时日。

不久，周遭空间的环境渐变，周围是蓝天白云，但只是几秒，便迅即变黑。

仔细一看，原来我已飞出太空，脚下的地球正快速变小。

我开始在宇宙里浮游徘徊。

有时一片黑暗，有时满天星辰，有时候，则近距离掠过行星表面。

我无法计算待了多久，我的身体不倦不饿，不想睡也不想动，只是挨在透明的舱壁，有气无力地看着这一切。

这就是我将会死亡的地方？

这就是我会被引爆的地方？

爸爸也曾被困在这里吗？

“你看到了什么？”

忽然，一个声音传来，吓了我一大跳。

“告诉我，你看到了什么？”

声音又响起，声线好熟，好熟。

我别过头，看到了另一个空间缓缓飘近，然后两个空间一贴，我看到了他。

下一秒，我大叫起来：“阿正！”

没错，是阿正。我前往时间管理局时，坐列车遇上的那位阿正，那位参与“大秦推进器”计划，说要延长秦国国祚的年轻人，阿正。

秦始皇，嬴政——的年轻版。

“你怎么会在这里？”

“你又怎么会在这里？”阿正笑了起来。我这才仔细看他，脸上有说不出的疲惫，国字脸上皮肤垂下，老了很多，总之是有点儿不妥。

“我被囚禁了。”我道。

“我知道。”

“不知能不能逃掉。”我叹道。

“我知道。”

“你知道？”我奇道，“什么意思？”

“我既知道你会被囚禁，我也知道你能逃掉，在时空世界里，最没有秘密的就是未来。”

“我怎么逃掉？”

“我不知道，但总之你能。要不，怎会有机场上空那场大战?”阿正向我眨眨眼。

“你的意思是，黑发的与金发的那场半空大战……黑发的那个，真的是未来的我?”我道。

阿正没好气道:“我们穿梭时空，前往未来，居然对自己的未来最无法把握，真讽刺。”

“对了，你的秦朝计划，怎样了?”

“我建立那个朝代?哈哈哈，想起也好笑。”阿正摇摇头，“在局里，我的穿越能力算是很不错了，可是上天下地，原来地球上没有一个朝代，是可以历经2000年而不衰的。所以，就算局里任我对历史进行‘微调’，把朝代延长到2000年了好吧?但还是有衰败的一天。那么，我努力来干什么?”

我静静地听着。

“我有位朋友，走得比我更远，他说要采集史料，写一部人类全史，结果走到几万年后的世界，他告诉我，未来世界出现了所谓银河帝国，但寿命也不过5000年，就土崩瓦解。”

他说的太遥远了，我没法插嘴。

“他还说，天下大势，合久必分，分久必合，如何‘微调’也没用。当初，我的秦国能统一天下，根本就是春秋战国时代打仗太久了，有些人生于战乱时代，几代人出生到死亡战争都没停过，因此，停战、统一，是所有人心底里积累的愿望，我只不过是一个推手罢了。”

“你的朋友能穿梭那么远，真是个了不起的人。”我由衷道。

“我这位朋友，你也认识，他就是你的指导老师，黄景亨。”

我大吃一惊："黄景亨老师？他怎么了？"

"他离开时间管理局，写他的《全史记》去了，我也是偶尔收到他的讯息。听闻时间管理局打算删除他。因为如果他把《全史记》资料公开，让大部分人知道未来的蓝图，对时间管理局的运作十分不利。"

"删除他……"我忿道，"怎么可以！"

"放心，他有他的功力，时间管理局不易伤害他的。"

"那么，你现在也索性放弃'微调'，作宇宙旅行了？"

"宇宙旅行？"阿正突然大笑起来，声音雄浑，但旋又咳嗽起来，"只有你一个人在宇宙旅行呀！你的思维飞出外太空，愈飞愈远，你在'神游'！所以我问你看到了什么好风景！但实际上，你的躯体仍存在于时间管理局的压力舱里！"

我吓了一跳。什么？我仍在时间管理局中？

"看来，他们让你嗅了不少'弗罗多'，想让你在没有 iTime 的情况下，凭人体力量，即所谓'时能'穿梭时空，不过，很明显地，实验失败了。你只有思想逃脱，但肉体仍在这里。"

"'弗罗多'？是什么？你说我一直只是思想穿梭宇宙？"我不敢相信。

"是的，要不是我喊你，你一定会继续像个精神病人一样，双目失神望向上方，一直呆坐。"

"我待了多久？"

"不多，10 天吧。"阿正数着指头，"一般实验周期，10 天左右便完结。如果'弗罗多'没有用，那么……"

"那么会怎样？"

阿正欲言又止。

我忽然想起一个重要问题："那么，阿正，你为什么也被囚禁了？"

阿正一怔，苦笑："我没有被囚禁啊，我在你隔壁的压力舱，但我是在养病。"

"养病？"

"你有没有在时间管理局见过老人家？"

我想了想，教授们都是中年人，除了雷达之外，确没有老人家。

"时间管理员的寿命都很短。"阿正道，"起初是穿越时的辐射问题，但这个易解决，后来又产生了基因突变问题，穿越多了，引发了体内好些细胞病变，任何时代的医学都解决不了，然后是离魂症，穿越者在穿越后，记忆有些带不走，有些重叠了，很恐怖。"

"那么，你……"

"我病了，病得很严重，寿命不过几天，刚好被安排在你舱旁，也算一种缘分。"

我有点想哭。

"喂，阿飞，看开点，能这样穿越时空，不知比普通人多活了多少次了，现在才死，也算赚够了，如果死后，我的'时能'可帮时间管理局运作，那也算是功德。"

"说起'时能'，那是什么？"

"唉，"阿正避开我的视线，"那是你爸爸倾……"

阿正的压力舱忽地远去，消失。

而我身处的压力舱，响起警号。

空间忽然转红，红得教人无法直视。

“执行引爆程序。”

引爆？

喂！我时若飞在这里啊，你们想怎样！

刚才阿正说我爸爸什么的，我还要去找爸爸、妈妈、还有，芊芊！

怎样逃脱？

突然间，我想起了与雷达之对话的一幕。

当时我极度憎恨他，誓要劈他一刀，他胸口就出现了刀疤。

会不会是……未来的我，回到雷达之的小时候，劈他一刀？

虽然我被困在这里，什么也做不了，但是，由于我对未来有巨大的决心，有着一定会砍这一刀的承诺，所以促使未来一定会发生这件事。

难道这就是“幻之刃”？

那么——

试试这样吧！

我的脑海不断想着以下这句话：

未来我一定要派人来这时空救我自己

未来我一定要派人来这时空救我自己

未来我一定要派人来这时空救我自己

未来我一定要派人来这时空救我自己

未来我一定要派人来这时空救我自己

未来我一定要派人来这时空救我自己

……

“别想了。”

周围杂音响起，但我好像听到一个清脆的声音。

“别再想了。我已经来了。”

没错，的确有人说话。

我努力睁开眼，看到一个女性的身影。

“幸好穿夏装，否则这么热，准受不了。”女孩道。我这才留意到，女孩穿着红色紧身背心，白色小短裤，还有矮跟凉鞋，正跪在我身旁，定睛看着我。

“再过五分钟，你就要变‘烤鸡’了。”女孩笑道。

不用她说，我全身几乎融掉。

“不过，雷达之也真是，他不知道以现在的你，用原子炉是无法提取你体内的舍利子吗?”女孩又道。

红光更红，温度更高。

我快要死了。

芊芊、雷霜……

我把手伸向女孩。

女孩很高兴，也伸手过来：“我叫易婷，是时空公会派我来接你的，时若飞大哥，你好。”

谁料我的手只穿过她的手。

透明状态。

“呀，忘记了，”她恍然，失笑道，“我还未现身。”

下一秒，她没有任何 iTime，只眉头略动，“噗”一声现身，却踩在我脚上。

“……痛。”我没力气道，“你踩在我脚上了！”

“真没用。真不明白为何时空公会要救你。”易婷摇摇头。

而在她现身的同时，周遭的灯光疯狂闪动，警报大作。

“‘时空炉’出现跳跃者！‘时空炉’出现跳跃者！”

而在半秒间，数十个装备齐全的TT战斗员，同时出现于炉中。

这是我消失前最后见到的景象。

闪

由于易婷仍踩着虚弱的我，所以我可以被她“携物式”带着走。

“噗”的一声，我们降落在一片冰原上，几乎只有半秒，后方也传来一连串的“噗”。

“没用的。”我说着。

我很清楚时间管理局，也很清楚什么是时间管理局的追踪概念。当你跳跃到世界任何一点，他们可以即时追踪而至，中间不需任何交通时间。

譬如你降落冰面的是某年某月某日某时某分某秒，这资料被记载后，时间管理局派队伍追捕，只消在目的地一栏输入这坐标，便可与逃亡的你，同时到达。

更多情况是……他们输入更早的时间，比逃亡者早到。

“有用的。”易婷道。我们又闪到另一处，矿石场。

“那么，至少你不要踩着我，”我道，“或者，告诉我目的地吧。”

“出发地，地球；目的地，地球。”易婷道。

地球去地球？

我正想骂她，谁料她俏脸突然一本正经，集中精神，打了几个手势，我感到身边空气流动特别快，空间影像起了变化。

然后，耳边响起：

“欢迎来临70世纪。我们正为阁下办理入境手续，请耐心等候……”

——什么？70世纪？才一分钟，便到那么远？

我还来不及会意，身体像被电击中，浑身发痒，一阵苦味自口腔涌出，整个人像突然被扯向万里之外。

月面都市身份确认处

眼前闪过这一行字眼。同时看到了月球背面峥嵘的山脉，还有月面都市那微弱的灯光。

——原来这样！易婷先把我们送到其他地方！

接下来，我看到了一座浮游于宇宙虚空中的玻璃城市，玻璃罩的内外，排满了等待出入境的太空船。

拉格朗天使浮岛身份确认处

仍然是欲呕却又什么也呕不出的虚空感。

火星奥林匹斯大学分部身份确认处

这是什么时代的火星……

木星轨道太空舰身份确认处

木星？太空舰？

冥王星地表都市身份确认处

冥王星？怎么被愈送愈远？是出了什么问题吗？

太阳系边境欧特云码头

然后眼前再度一亮。

“地大物博”身份确认处

我再次感到自己存在。然后我俩跳到一座广阔无尽头的大殿，无数的管子竖立着，大殿正中央，殷蓝色的字样在半空飘浮着：

地大物博

地球大学物理博物馆

公元10万年“超级时光机”研究中心

公元10万年？

什么——

光影疯狂闪动。

良久。

我再睁开眼时，只见易婷一脸香汗，跪坐于我面前。

“到地球了。”

“我问你，”我的嘴里好干好干，“地球去地球，为什么中间要经过那么多……地方？”

“为了逃避时间管理局追捕，不得不这样。”易婷道，“我们先跳到70世纪，他们能追上来的人不到十个，而且比我们慢了一秒才到。然后我们再跳到月球、火星……太阳系以外，再跳回地球，这样，他们就找不到我们了。”

我看她手上，确无iTime。

“要避开时空机构，一般做法都是这样‘转车’，好在我在各时代的关系都不错，轻易通行。”

“那么，我们在……”

“四季咖啡店。”

第九章　咖啡店·麦当劳

闪

“主人，两位吗?”突然，一位穿着“洛丽塔”的女孩推开店门，用极其扭曲的声音对我们道。

“哇，制服咖啡店，你们宅男最爱。”易婷掩嘴笑道。

“两位。”我时若飞岂是省油的灯，沉着回应。

“洛丽塔”引我到咖啡店里坐着，店里播着轻快的卡农曲，摆着各种足以令人陷下去的沙发，灯光很暗，窗外的晨光，轻微映照着桌上的玻璃杯群，远处是几个书架，插着过期杂志，还有些扑克牌、波子棋等，散落在茶几上。

正常至极。

肥女仆用双手把托盘放在胸口，在我身旁跪下来，又用“魔幻”般的声音对我说：“主人，我是今日为你服务的女仆，我叫明日香，请问主人要喝点什么?”

明日香，“肥”日香才真！我只想打爆你个头。

不过，敌不动，我不动，我一定要查清这家四季咖啡店的底细。

他们把我转来，有何目的?尤其在我的 iTime 被封锁的今天。

“来一杯咖啡吧。”我冷冷道。

“好的，主人，要不要试试我们的卡布奇诺，‘加倍思路’?”肥日香道。

什么鬼东西?

“好吧。”

很快，肥日香捧着咖啡走过来，弯腰欲放，谁知重心不稳，咖啡就此浇过来。

我完全忘记手上没有 iTime，只是反射性拇指用力一按，咖啡溢出杯外，泼于半空，我刚好侧身避过。

咖啡落在我刚才所坐位置，准备跌向沙发。

肥日香左手一扬，把半空中的咖啡，全数转移回杯中。

漂亮。我在说她的手法。

果然是穿梭时空的行家。

易婷拍了拍手，我作潇洒状，拿起咖啡，喝了一口。

味道很好。

糟！

是滚烫！达 100℃的滚烫，刚一接触嘴唇便已感觉到！

有人把煮咖啡的时间，推回再推回，推回到刚刚煮沸时的温度！

我左手拿着杯子，滚烫的咖啡继续流往嘴里，右手拇指又再不自觉抖动。

我把在口腔里的咖啡，转移到吧台的咖啡壶中。

这时，我才看清楚吧台处：一位年轻女子，留着一头长发，穿着 Miss Sixty 牛仔长裤，脚踏六寸高跟鞋，一对长腿交叠，坐在吧台前，在看 *ViVi* 杂志。

而另一位年纪相若的男子，长着好看的胡子，穿着西装背心，正在擦着杯子。男子看到咖啡壶中无端出现的咖啡（那是我转移出来的，当然，很不卫生），没有目瞪口呆，反而对我欣然一笑。

然后，他在吧台上的收银机上按了几下。

叮叮叮。

清脆利落。

咦，不对，怎么，收银机的叮叮声会变成火车鸣笛声？

我别过头，哪里是什么咖啡店？

这里是，路轨！

火车路轨！

巨大的火车头，自百米以外向我冲来。

呜呜！

幸运的，是我整个人坐在路轨旁边。

不幸的，是我的左脚，被夹在铁轨当中。

说是夹住，其实是那铁条紧紧地把我那对 Nike Star War 限量版运动鞋压住，运动鞋在下方，铁条如小山隆起，至于铁条前后，有铆钉钉得死死的，好像，好像……

在路轨建造初期，我的脚已被铁条压在此处！

这当然是不可能的事，一定是，时空转移的花样！

火车速度很快，已相当近，时间不多，但足够。

我手上没 iTime，惯性用拇指按向虚空中不存在的 iTime，朝着铁条，做了个按键的动作。

我下意识要把铁条变旧。

可是，不行！铁条材质太坚固，推后 10 年、20 年、50 年——那铆钉仍钉得死死的！

火车在鸣笛。

我突发奇想，能不能——我闪过半秒这念头——只把我的左脚，嗯，暂时移到 5 分钟后，等火车过后，才转回来？

那岂不得截肢？

火车已来到面前，我的精神忽地集中，拇指猛力按向掌心。

蓝光闪动！

呜呜呜呜呜！

火车冲向我，在我左前方不到一米的空间，整辆火车像进入一堵无形的墙，消失了，然后火车在我右前方同样不到一米的空间，再度出现，再向前冲。

我就这样奇特地，在路轨中躺着，火车“经过”我。

我汗流涔涔，看着周遭环境。

这时，火车早已远去，我用力一蹬，铁条终于松脱，我赶忙缩回左腿（也许是压着我脚的铁条，被我变得“太老了”，所以与前后不相接，一蹬即断）。

周围，是一望无际的草原。

远处，咖啡店那位穿背心的男子微笑看着我，在草原上。

我拇指紧陷掌心，举起右拳，踏步。

喝！

一步之间，我“闪”过数十米的距离，来到胡子男跟前，右拳挥出。

击不中。

男子退到数十米以外，仍是笑看着我。

岂有此理。

再来！

我再度挥动“长拳”，不断采用空间跳跃，可是，每次到他跟前，他便跳到远处。

果然是懂得时空技术的人。

虽然他也和我一样，没有 iTime 在手。

我再出拳，这一拳却轰向沙发，易婷大叫着避开。

突然间，我回到了咖啡店。胡子男仍在擦着杯子。

他朝我一笑，说道：“欢迎来到四季咖啡店。”

男子放下杯子，走向女子，搂着她在脸上吻了吻，女子笑靥如花，好甜。

“店才新开不久，没有什么招呼两位，请见谅。”

我和易婷静静听着。

“我知道你有很多问题要问我，”胡子男说，“不过，容我先对你赞赏一下——刚才你进行的时空转移，除了由‘地大物博’转过来那次以外，其余的，全都是由你独个完成。”

我不可思议地看着自己的拇指，这才看到掌心的断纹像被刀划过，特别深，隐约还有烤焦的味道。

男子眼光灼灼，忽地吐了吐舌头：“当然，也有点饮品的帮助。这杯‘加倍思路’，加了分量不少的‘佛陀一号’。”

“佛陀一号”？“加倍思路”？突然间我明白了。

“‘佛陀一号’，就是‘弗罗多’？”

“你真聪明，两者有关，但成分不同。‘弗罗多’是科学合成，‘佛陀一号’是纯天然。”

我搞不清，就当是中药和西药好了。这一刻，我最想问一个关键问题：“我的穿越能力，和我父亲的一样？”

女子深深吸了口气，用温柔的目光看着男子，男子不语。

然后，他像鼓起最大勇气般，说出来。

“和你父亲一样。不过，你父亲只穿越了一次。”

一次？

“你能做那么多次，不枉是时逸仙的儿子。”胡子男道，“今天你来到四季咖啡店，其实也全靠易婷，否则在时间管理局的封锁之下，我们根本没机会接触你。”

“你们接触我干什么？”我道，心里想为何要靠易婷帮忙？易婷又能帮什么？“为何时间管理局要杀我，取我身上‘时能’？”

“因为，”胡子男深吸一口气，“他们要在你身上弄清楚一件事，一件整个时间管理局也无法做到的事。”

我知道是什么：心念电转，千里一瞬，那是不靠任何科技便可穿越时空的方法。

“喂，别吓着若飞了，让我们介绍一下自己吧，”女子笑道，“他是张大勇，时空公会的使者。至于我，是他的太太，阿重霞。”

我怎么好像听过他们的名字？“你们和我父亲一样，都是时空公会的人？”

“是。”

“那么——”

“我建议你亲自去看。”张大勇说。

“都说是禁飞区。”

“那只是时间管理局的规定，在时空公会眼中，没有禁飞区这回事。”

“要怎样才能做到?”

“随时。”

闪

下一秒，我嗅到薯条的香气，多么的熟悉。

我仰首一看，咦，“脆辣鸡腿包”、“将军汉堡”，这是?

我看了看隔壁的人的手机，是 iPhone!

我再看了看他的手机时间显示：2012 年。

我回到了 2012 年！我的禁飞区！而且，只是，不知道这是否是我出生的那条树根世界!

我仍在惊呆，易婷、阿重霞等人早买过汉堡餐，找了座位，准备开怀大嚼。

“这时代处处也这么多人的吗?”阿重霞说，“哎呀，薯条不脆，可乐又不够冰冻！我可排了长长的队买回来的!”

“没办法，人太多了。”我嘟囔着。

“不要紧呀。”张大勇笑着，把手伸向薯条和汽水，手掌射出的是一片殷蓝光华，一闪即逝。

阿重霞拿起薯条咬了一口，又喝了点可乐。

“好脆，好冻!”

张大勇也咬了一口汉堡。

“时间管理局没有教你们这些吗？把薯条和可乐的时间往前推移数分钟，那么，薯条会恢复刚刚炸起的状态，可乐里的冰也刚从雪柜拿出来——这只是个极简单的时间转移呀!”

我道：“时间大学有教。只是我们根本不能像你这样，单靠人体便可以进行时间旅行。”

“你们靠的仍然是时光机吧？”

“我们有 iTime。”

“那也是个人便携式而已，始终是仪器。”

“那你靠什么？”

“调率。”

我怔了怔。调率？

“好了，年轻人，”张大勇向我说，“要学吗？”

“我连你是友是敌都不知道。”

“不是友的话，你早被火车撞死了。”

“你们的敌人却是时间管理局。”

“这样说吧，”张大勇想了想，换了个方法来说明，“你们都知道逆熵唯我吧？”

我呆了呆，随即叫道：“那是时间管理局的第一任局长！”

“对。而我，就是逆熵老师的学生。”

逆熵唯我的名字，我当然听过。他在时间管理局的历史课里多次被提到，那块立在入学处的暗哑色大牌子，听闻也是这位神秘的第一任局长所立的。最耐人寻味的是，逆熵唯我在担任局长一年以后，局内事务方兴未艾，他便奇迹似的完全消失在时空当中，再也没有现身。

现在，眼前拥有颇强力量的青年张大勇，竟然说自己是逆熵唯我的学生。

“老师和我都一样，都隶属‘时空公会’。”张大勇说，

“我们并不属于时间管理局，相反，这些穿梭时空、独来独往的时行者，组成了另外的组织‘时空公会’，目的是为了维持历史的本来面貌。我们不会像你们时间管理局一样，跑到不同的时空去干预历史。我们要阻止你们干预历史，让历史恢复自己的步伐。”

“可是时间管理局说，只有通过‘微调’，也就是局部干预历史，才能把人类历史引往最好的方向。”我道。

“什么叫好的方向?”张大勇说，“你们有权决定古往今来、居住在银河系无数人的命运吗?你有权为他们决定该怎么走吗?他们只知道，为自己利益，作出‘微调’。”

我抿着嘴，毕竟我知道的不多。

“举例说，我的时代。”这回是阿重霞插话了。

张大勇点点头：“人口过剩，粮食不足，环境污染到了根本没法解决的阶段，时间管理局杀灭了不少人，大量减少人口，确保40世纪的黄金时代出现……”

我和易婷听得目瞪口呆。

为了黄金时代的出现，就要先杀灭无数人!

“还有，为了阻止有其他人发明时光机，他们不断穿梭过去未来，把有机会出现的时光机可能性，都一一消灭。”张大勇说。

我突然想起了Zuckberg。面色很不自在。

“你在想Zuckberg，对不对?”张大勇像知道我在想什么，“Zuckberg被你们修改了个人历史，最后只能协助连氏兄弟发明时光机，后来导致雷家出现。可是——”

我静静听着。

“如果你们不干预的话，会怎样？Zuckberg 根、本、不、会成为时光大盗。”张大勇说，“他会公开这科技，并加以善用，后人更因此成立时光联合国，人类进入新纪元。而时间管理局不会出现。”

我呆呆听着。

“为了让时间管理局顺利出现，于是安排你们前去，修改 Zuckberg 的个人历史。”他说，“至于为什么是你们，很简单，因为只有你，才可以进入被他们称为特别权限‘超级禁飞区’之处。”

“我能进入‘超级禁飞区’？”

“凭你身上的时能呀。时若飞，别再信时间管理局那一套了。这个超时空组织，从创立开始，就已经犯了错误。你想想吧，如果有野心家掌握了时间管理局的科技，随自己喜好去改变历史，这个野心家和上帝已没有分别！逆熵老师就是预见了这一点，而选择离开的。”

我再次听到这名字。

“总之。人类历史是不断摸索前进的，就像一个小孩子学习弄陶器，烧出来的陶器可能形状差劣、色泽不均甚至有裂口。然而无论怎样不好，那陶器始终是小孩子的原创作品。要是一个陶器高手把那陶器再加工，陶器可能会变得更完美，可是，经过别人修改的作品，还算是原创作品吗？”

我点了点头。

“而且，也许小孩子弄的那件陶器，有着意想不到的美呢。”易婷道。

“可是，雷达之要令人类文明早熟，我们有外敌要面对。”我道。

“是的，伊褆星人。但不是用这种方法。”张大勇道，“这样把尚在小孩阶段的文明加以催化，让他早日成熟，来与其他孩子竞争，时间管理局与怪兽家长，有何分别?”

“我想问，我们这个世界……”

“我不知道。”

张大勇完全知道我想问什么。我想问的是，这个世界，是否还是我原来的那个世界。如果是，16岁的芊芊，应该在这世界某处。

“你现在要做的是，凭自己的‘时能’，像鲑鱼般努力回溯上游，”张大勇道，“而且要能像猴子般，跳到另一条树根上。”

张大勇的妙喻，令我想起苏平。只是不知道他们都怎样了?

张大勇把最后一口汉堡包吞掉：“好了，可以开始练习了。”

他举起手，蓝色光晕在掌心透着。

他一言不发。突然间，他挥出左拳，拳头在我面前定住。

两秒后，我才感到一阵拳风，把自己的头发猛地后吹，风力迫使我半闭着眼。

“刚才我出了多少拳?”张大勇问道。

“一拳……不是吗?”

“再看。”

张大勇再击出一拳，同样拳风刚猛，令我的脸孔好难受。

“多少拳？”

“看不到。”

“再来。”

接下来这一拳，我强睁双眼，但也只是看到一拳。

但这次我看清楚了，这一拳的映象幻变不定，几乎弱不可见的蓝光当中，似有千千万万个拳头，在同一时间、同一轨迹朝自己脸孔轰来。

然而眼前只是一个拳头。

“再来。”

这次更清楚了！

“你挥出了……8 拳……不，10 拳！”

“是 49 拳。”张大勇笑着。

“49 拳？”我吃了一惊，一秒 49 拳，接近《圣斗士星矢》中的“天马流星拳”了。

而身旁的易婷和阿重霞则在托头看着。

邻桌阿飞型青年看到张大勇多次挥拳，在我面前定住，而且两人神情严肃，觉得好玩，竟喧哗起来。

“这两个家伙在干什么？”一个说。

“好像在打架？”另一个说。

“啊，你们看那两个女孩子，好漂亮喔，过去逗逗她们……”第三个说。

张大勇和我一点儿也没理会旁人。

张大勇再度出拳。

我凝神看着——1 拳——4 拳——12 拳——

“77 拳！”我不待张大勇发问，便叫了出来。

“是 79 拳。你合格了。”张大勇点了点头，“其实，你待在时间大学那种地方，加上你的天资和体内能量，对时间的操控一定会愈来愈得心应手，只是缺乏适当的训练而已。”他说。

“刚才我出了 79 拳，在旁人看来是一秒钟的时间，但在我看来，却是 79 秒。在我的主观世界里，我一秒出一拳，简单得很。”

“因此关键就在于如何控制自己的主观时间。”我接下去。

“不错。某些佛教大师曾说，刹那就是永恒，而‘禅’的主要工作之一，就是要学会感受当下的绝对性。也有些防身术的大师，可以在心理上学着减慢对手的动作速度，借此控制时间，使对方的攻击看似缓慢。这就像一些世界级网球好手，经过长期的艰苦训练，在比赛时完全集中精神，对方猛烈击过来的球，在运动员眼中，只像一个慢慢浮过来、愈来愈大的网球而已，他有足够时间来决定要如何、何时、从何处下手击球。当然，在真实世界中，他这种看似永恒的时光，只不过持续了不到一秒。”

“像那些武林高手，剑来剑往动作流畅，也是同一道理了？”

“是呀。”这时张大勇改拳为掌，手刀朝麦当劳那张木桌子下劈。

张大勇的动作很轻、很轻，但击在木桌子上，却发出轰然巨响，吓得刚才身边哇哇乱叫的青年们安静下来。

张大勇举起手掌，桌子已被劈开一道长痕。

“刚才我共发出了 72 记手刀。纵使每一下手刀都很轻很轻，可是在同一时间朝同一点击去，会造成极大伤害。这种控制主观时间的技巧，就是‘调率’。”

“好好看我的动作。”张大勇说完，举起手朝桌上吃剩的几根薯条一挥，蓝光闪动，薯条在一刹那间，竟然又变得新鲜热辣，色泽金黄。

“把这种‘调率’输往物件上，即能控制该物件的主观时间，把物件的时间推前推后。”

“和 iTime 一样！”

“但我不用 iTime，”张大勇说，“我靠体内时能。”

“如何做到的？”

“‘调率’没有 iTime 这么多功能，只有三种，称为‘调率三势’：‘时禅势’，是控制自己的主观时间；‘时物势’，是控制物件的时间，例如……”

这时邻桌的青年又起哄，其中一个头发剪得像超级撒亚人的家伙，更把整盆薯条举起，准备掷向对面的同伴。

张大勇挥起手，使出了“时物势”，蓝光自掌心闪出，印向半空那包满满的薯条，一刹那，薯条竟然全都变回未炸之前的形态——成了一个又一个硬邦邦的马铃薯！

马铃薯咚咚地滚了一地，青年们呆了。

“这就是‘时物势’。”张大勇若无其事地说，“还有最后一种，‘时动势’，用途，就是穿越时空，你们借 iTime 来穿越时空，也是同样道理。不同的是，我们不需要任何仪器，直接运起思想，用脑波来传输自己。要我示范一下吗？”

张大勇话毕，竟真的运起“时动势”，蓝色的光在千分之一秒闪起，邻座一行五人的少年一下子消失不见。

“其实就是被动式时空转移。不过速度好像比 iTime 快。他们去了哪儿?”我问道。

“被转走了。”

“哼，最好把他们转到马路中心，一出现便给车子撞死。”易婷插嘴。

“啊，我们不可以太残忍的。”张大勇笑了，“我只是把他们转移到这快餐店外——不过是离地两米而已，该不会跌死的。”

这时，街上传来几声惨叫，然后是路人惊呼的声音，突然出现半空而重重坠落的几个少年，把街道弄得一片混乱。

阿重霞“扑哧”一声笑了起来：“如果你运起那招什么‘时物势’，真的可以把他们变成马铃薯吗?”

“当然不能，我顶多把他们变成精子和卵子。”

“或者变成白骨。”我插嘴。

张大勇说：“你记着吧，时间管理局用科技去扭曲时间，这是依赖科技。你想成为真正的时行者，就要尝试用自己的能力去扭曲时间。”

我仔细思考着。

阿重霞插嘴道：“就像练功一样，时间管理局着重‘外功’，时空公会着重的是‘内功’。”

“这里毕竟是你自己的禁飞区，不能逗留太久，否则易被侦察到，”张大勇说，“何况，我们要开始练习了。”

第十章　牛·虱·海鸥

闪

“这是哪儿?”我看着一间又一间的小屋，炊烟袅袅，好一派田园风光。

“地球。”张大勇道。

“我当然知道!”我怒道。

“对不起，我们经常游走于宇宙，所以只说身处的星球。”阿重霞道。

“不用对不起，时若飞一直都是这么笨，连身处的时空坐标也感应不了。”易婷得意地道。

“所以才要训练啊。”张大勇指了指前方那头牛。

闪

接下来的日子，够受的。

我每天都在宰牛。

当一头又一头刚被杀掉的牛，被送进我身处的屠房，高高挂在我面前时，我真的不敢相信。

“你看到什么?”

“牛!”我惨叫，“死牛!”

“解吧。”张大勇道。

“不解!”我真的不解。

张大勇笑着，接过那像书本一样的屠刀，径自走向死牛。

令人惊讶的场面出现了。

只见张大勇的动作突然加快，刀子随身体舞动，一记又一记“刮”向牛体，每一记都那么精准，没有多余一刀。

最奇怪的是，那刀“刮”向牛体时，刀子顺利没入牛体，如入无物，刀子抽出来时，血才溅出，但这时刀已劈向另一处。

才数秒，张大勇已挥出数百刀。

张大勇收手，退后，挂着的死牛，一抖，各种大小的牛肉块，轰然散落地面。

“庖丁解牛！”我和易婷同时大叫。

“好好练习。”张大勇留下这句。

而我，这位前时间管理员，开始了屠夫生涯。

闪

不知多少时日，张大勇又来了，只他一个。

看到我满身是血，他很满意。

“别问了，”张大勇道，“32 世纪天使浮岛有购物商场大减价，她们去‘血拼’了。”

我听得目瞪口呆。

“跟我来。”他说。

我边换衣服，边随他走向一间小屋。

这些日子，我在这个不知哪个时空的农场生活，饿了就吃，吃饱就练，练倦了就睡，偶尔与居民谈话，最多是商贩过来，把牛肉收拾好，拿到市场去卖。我也很少走出这屋子。偶尔易婷来探探我，告诉我时空世界一些消息。

闪

“躺下来。”张大勇道。

我看着一位老婆婆在织布，简陋的织布机发出巨响。

“躺哪儿？”

张大勇不耐烦，手一挥，我被转移到——那织布机底！

巨大的响声令我头痛欲裂！

最恐怖的是，织布机底部的铁条，正向我眼睛刺来！

我赶紧闭眼，再睁开眼，铁条又再刺来。

“练眼力。”他道，“没有 iTime，你只是平常人。但凭你体质，加以训练，你将获得比 iTime 更厉害的力量。”

闪

“看到那窗吗？”

我晕晕地点点头。刚才的巨响，令我感官暂时失效，什么都看不到。

“窗下，挂着虱子。把它看大。”

都不知你说什么。哪来的虱子？就算有，怎么看大？

当然，训练不会因为我的不明白而终止。

我每天盯着窗看。起初，什么也看不到。

后来终于看到了一条比蛛丝还细的线，吊着一点物事。

那就是虱子。

我每天看，每天看，看了三个月，什么也没发现。

第四个月，那天是我解牛的纪录大跃进。

最初，我每天解牛无数，朝挂起的牛尸劈劈劈，到夜幕低垂，才把全部牛都解掉（当然解出来的牛肉很糟糕）。

而第四个月的某天，我把牛全解了，居然天仍是亮的。太阳仍在树梢间，未完全落尽。

我首次有苦尽甘来的感觉。

同一天，我开始看到虱子的轮廓。

一年后，虱子如车轮巨大。

闪

张大勇知道后，很高兴，拉我到湖边。

“喂吧。”他拿起一袋面包，撕成小块，放在掌心。天上大量海鸥，纷纷冲下来啄食，好些还站在他身上，至于抢不到的，则围站在地面，乖巧地等待。

这就是任务？我也一边喂，一边担心地看着站在肩上的海鸥——求你千万别拉屎！

突然，张大勇说了句：“今晚抓两只来红烧，可好？”

红烧？我看了看身边的海鸥。

同一时间全部海鸥惊惶失措，急剧拍翼，争相起飞，只留下一天羽毛。

“你的杀气太强。”张大勇道。

闪

于是，我每天宰牛、躺在织布机下、看虱子后，又多了一样奇怪的活动，就是喂海鸥——虽然一只也不肯下来。

“心念电转，千里一瞬。”张大勇走时不忘一句，“穿越者最重要的是，心在这里，但下一秒已在千里之外，这才能由精神带动躯体，进行穿越。你连自己的内心都控制不了，怎能穿越？”

真的不知你说什么。简单来说，就是不动声色，脸上尽量不流露“今晚要红烧你”的表情和气息，靠近海鸥，对吗？

闪

时日如飞。

不知不觉，我已在此地三年。

张大勇常来，阿重霞偶尔出现，每次出现总带来一杯“加倍思路”，也就是“佛陀一号”，加强我的“调率”。

至于易婷，则天天过来。她不敢去屠场，但会陪织布婆婆聊天，喂海鸥时必在场，在我的“红烧”念头未清的时候，海鸥总只围着她转。

易婷的身份神秘至极，三年来，我只知道她在人类世界的名字，是“钟芷婷”。

“用真的姓氏，我怕会被人找着。”易婷道，“钟芷婷这名字，好有意思的，你猜猜看？”

说这话时，我对着肩上的海鸥，不断想着如何烹调最为美味，而眼睛一看远方，1000 米以外的那棵树，刚结果实，我甚至可以看到果实内部的结构，听到果实上那点滴的露珠的流动声。

“猜不到。”

“再猜猜嘛。”易婷和芊芊不同，易婷是个小女孩，怎么也要缠到你回答为止。

“你是中国人，一定能猜到。我的名字是钟，芷，婷！三个意思都是 stop 的意思！”

我失笑。哪有人这样取名的。

“我出生以来，因身体时能失衡，常无故转移到不同时代，每次父亲都连忙穿越到该时代，把我找回来。”易婷道，“据说我在妈妈肚子里时，已能穿越，后来幸好在3000年后某个火山旁边把我找回来，但那次妈妈流了很多血，差点小产。”

“所以，你为自己改名，希望可以停止无休止的转移？”我像听着神话一般。

易婷点头。

“你爸是谁？你为什么又要救我？”我问，“三年来你什么都不说。”

“能天天生活在这美丽的农场，不是很好吗？问那么多干吗？”

“美丽的农场？要不要和我一起解牛？”我笑道，“我现在解牛，比张大勇还要快了。”

“不要，好闷。”

“要不，我们一起逛逛？”

“哪儿？”

“我的时代。”我突然技痒，“我以前的禁飞区。”

“不行的。你会被追踪，而且，我们不知跳往哪条‘根’，会迷路的。”

“三年前你可以摆脱他们，现在加上我，又有什么问题？”

“可是，张大哥……”

“他也想看看我的成绩的。”

闪

睁开眼，抬起头，是用荧光底纸粗黑毛笔写着的四个大字：

“劲辣鱼蛋”。

这是旺角。我的时代，我的城市。

“香港就是这样，当这间店子刚推出一种劲辣鱼蛋，那么，全港其他店子也会争相跟风，一时间全港都卖这种鱼蛋，而人们也会乐于尝试，不吃辣的也会硬生生地吃上几串。”

“鱼儿们生下来的蛋，是这个样子吗？”易婷吃得雪雪叫辣，刚才开始，她已吃了四串。

“鱼蛋就是鱼蛋，别问嘛。”我笑说，“我知道，一个月后，当人们开始厌倦时，只要有一间食店推出一种新食品，其他店子马上会停止售卖鱼蛋，改售另一款。”

我看着那招牌，哪有什么“劲辣鱼蛋”？反而是我以前和林法拉吃过的“利明记鸡蛋仔”。

“香港的食品很怪的，像这‘鸡蛋仔’便是，”我尽力介绍，“鸡蛋也是不会有仔的啊。”

易婷听后呆了呆，默不作声。

这时我继续向前走着，见到另一间店铺，上面写着：

“豪大大鸡排”。

“这鸡排小吃，是台湾传过来的，一块比你的头还要大！”我拍了拍易婷的头。

“你说什么？”易婷突然转身。

“我说，比你的头要……大。”我停下来。

“不，你说‘豪大大鸡排’？在哪儿？”易婷面色变了。

“不就在这里嘛……”我指向店子上方，咦，那蓝底白字的招牌不见了，换上了“无敌热狗王”，连刚才的“利明记鸡蛋仔”也变了作“凉茶铺”。

我有点慌张。

除了易婷，我也察觉到，我们周遭的时空不断在变。

身边的人如快镜般移动着，店铺牌匾，以一秒一块的速度，换了一块又一块。到后来简直是高速变色，看不清字样。

然后，整个旺角环境定住。

变成了一片废墟。

废墟再变成草原。

在时间洪流中，我紧拉着易婷的手。

无论如何也不能放！

在乱流里，我再次看到那些熟悉不过的战斗服。

TT 战斗服。

是时间管理员，他们追来了。

第十一章　草原恶战

时间管理员们，队形整齐，一步一步踱来，周遭闪着电光，居首位的，就是徐天生，后面还有徐汇。

我没有 iTime，只有“调率”。

还没来得及反应，全部时间管理员同时举起 iTime，射出光线，光线直扑我双手处，蓝光蓦地大盛，如灵蛇般在我手上绕了又绕。

另一位时间管理员也把易婷的双手铐起。

“你们好狡猾，不知道从哪儿学习到那些转移技术，害我们走了许多路。”徐天生说道，“不过，也让我证明了几件事：你，果然与时空公会有联系；你也是用舍利子发动时空转移的那些人。”

我看了看周遭环境，确定了没法逃跑后，又堆起了笑意：“我只是来旺角吃了串鱼蛋罢了，用不着把我当成罪犯吧？”

徐汇一个箭步冲上前，抓起我的头，左膝同时提起，重重地轰上我的左脸。

我痛得天旋地转，试着运用“时禅势”慢慢调节着自己的身躯，偷偷地把自己的时间调节到数分钟后。

“徐汇，带他们回去。”徐天生道。

才没那么容易！

我聚焦在手上的手铐，运起了“时物势”，手铐的光芒渐渐变暗。下一刻，我已挣脱了枷锁，一头冲向徐汇！

徐汇被撞倒在地上，怒吼着弹跳起来，举起 iTime，运成一把我从未见过的光剑！

“你和你父亲一样，都是自找的！”徐汇作势欲劈。

“徐组长，他死了，就无法取得舍利！”后面的时间管理员大喝道。

我呆了呆，看那时间管理员的级别不高，看上去是时间大学的实习生而已，但斗胆如此大喝，看来，舍利确是关键所在。

这一刻，徐汇也完全打消了杀我的念头了。

因为，好端端的草原和蓝天白云，如水面泛起波纹，面前的空气开始像个圆形漩涡，不住旋转，速度奇快。

然后，漩涡中央豁然开朗，露出了另一个空间，这空间不住扩大，填满了整个圆形漩涡。

草原上就这样无端多了一个大洞，洞后是另一片草原。

然而这草原看起来不很一样，那些植物，我从没见过，更吃惊的是那些动物——居然是一头又一头像山一般大的动物！

恐龙！

“居然可以走到那么远……”徐天生沉吟着。

然后，一声惊天动地的巨吼响起。

大洞里没由来地探出一个像蛇头般的恐龙头。恐龙头左右随便看了一下，便直直地从洞里伸出来。

只见那脖子又粗又长，从洞中一直伸出来，足足有数十米长。

然后是那身躯。

这是1.5亿年前侏罗纪时期的巨大恐龙族类——雷龙。

而那个时空居然和旺角的未来废墟相连了。

雷龙丝毫没有停下来的意思，如山的身躯，无法从洞里挤出来，只得顶住洞口。

雷龙挣扎了一下，竟然把时空洞的洞边，像墙壁般弄碎！

空气中落下了透明的碎片。现在，时空洞变成了山一样大，雷龙也就顺利地走到了时间管理员面前。

那群时间管理员寒着脸，看着硕大的恐龙把太阳都遮蔽了，落下了大片的阴影。

还有雷龙背上的两个人。

“张大哥！阿重霞大姐！”易婷叫道。

没错，雷龙背上甘之如饴的两人，正是张大勇和阿重霞。

最可笑的是，两人居然穿着兽皮服，张大勇的背上还挂着一把木石制的短矛！

“我刚才说到哪儿了？对对对，我说，雷龙的脖子那么长，是为了平衡长长的尾巴。不过，长脖子也有坏处，就是不能够长时间抬起来，否则血液上不了脑部，就会缺氧而死。”张大勇没有理会众人，自顾自向阿重霞解释。

“那么，剪断长尾巴，颈就不用那么长了嘛！”

“不行。长尾巴可是极具威力的武器呢！”说毕，张大勇拍了拍雷龙的背项，巨大的雷龙半闭着眼，直径比人类身体更粗的尾巴，带着一股罡风挥动起来！

这一挥，大尾巴几乎扫过了整个草原，草叶飞动，树木摇晃，至于那班时间管理员，更是狼狈得马上变成透明状态，才仅仅避过了。

满天的草在缓缓飘落，张大勇和阿重霞自雷龙的背上一跃而下，轻巧地落在我和易婷面前，同时向徐天生打了个招呼。

“徐教授，师傅让我向你问好。”张大勇微微笑着。

闪

草原方圆十里，看来都布下了重重力场，而草原中央的小溪，一头硕大的雷龙不安地站着，小小的脑袋左右摆动。雷龙背上的，是张大勇和阿重霞，草原上有十多位时间管理员，包括徐天生、徐汇，还有他们身上装备齐全的iTime。

至于我，则和易婷靠在一起，张大勇和阿重霞则立在我们面前不远处。

“容我向逆熵老头说句，”徐天生道，“学生不才，未能领悟‘调率’为何物。”

“我可是时间管理局第一任局长逆熵老师的学生呢，根据中国人的传统说法，你还得叫我一句师兄。”

“时间管理局里不分国籍，只看能力。”徐天生道，“能力愈大，责任愈大，我们就来看看，谁能力大，最后可以为时空尽尽责吧。”

“时间管理局，又要与时空公会开打了。”张大勇踏前一步。他的下身只挂着一块兽皮，露着健硕的上身，居然颇有点电影中泰山的模样，好不威风。

至于徐天生的身边，不知何时开始，多了三台巨大的炮管发射器。悬浮的发射器管身红了红，随即砰砰砰喷出了三道强光，全朝张大勇轰去！

张大勇也不敢怠慢，马上消失，避过了三道强光，同时现身在不远处的溪边。

然而这动作仿佛早被预料到一样，张大勇现身在溪边一刹那，溪水上传来一阵汽笛声，竟然出现了一列巨大的、冒着黑烟的古旧火车头，呜呜地朝张大勇撞来！

张大勇在火车头几乎撞着自己时才消失，火车随即辗过，然后又像驶入了空气隧道一般，只留下汽笛回音。

“精彩吧?”阿重霞边说边走过来，易婷紧紧地抱着她。“阿重霞大姐!”

我全神贯注看着战斗。

把各个时代的装备借用，这是时间管理员的战斗方法。例如把 18 世纪美国西部铁路正在高速飞驰的古老火车头，转移到这里数秒，便可以做成刚才的攻击，对 18 世纪的人来说，荒野中的火车不见了数秒，没有人会知道的。

只是，大家的召唤方法，南辕北辙。

一方是科技文明。

另一方是心灵文明。

眼下，张大勇身处半空，空中本来万里无云，却突然出现了一架波音 747 巨型客机，出现的位置和张大勇相差不过数米！

张大勇这回只是侧身避开了飞机，机舱上的一排窗户在他身边不断掠过，有一位乘客瞪大双眼，看着这浮在半空的人。

这低空飞行的客机，距离草地不过是数十米高度，不过，客机在半秒后又消失，回到原来那个时代的天空里。

徐天生似乎早就想好了策略，当飞机消失而张大勇还未会意的时候，徐天生双手举起，用力挥下。

接下来只听见尖锐的破空之声。下一刻，像有漫天蝗虫朝张大勇扑去。

那不是蝗虫，那是——箭！

“他们把各个时代的一些战争当中正在攻城的数万支箭都借来了。也许，那个时代里，正在被攻城的一方，看见朝自己射来的箭忽然不见了，高兴得要向这些时间管理员致谢呢！”阿重霞说着，似乎一点儿也不替张大勇担心。

“怎样做到的？”易婷问道。

“不过是简单的时空转换吧了！”

然而半空中的形势不得不教我担心。当千万支箭包围着张大勇之际，张大勇看准了机会，闪身出现在箭网唯一的缺口处。那缺口是唯一的出路。

可是，当张大勇甫一现身，徐天生居然也马上现身在他的前方，挥起那把由 iTime 生出来的光剑，朝张大勇狠狠劈下去！

半空中的张大勇，身，躯，被，整，个，劈，开！

可是，他的身躯中并没血水冒出，反而冒出了一丝丝的蓝电，喷上半空，残躯散成了许许多多一片片的粉红色花瓣，剥落着、剥落着，如龙卷风般铺天盖地飘飞起来。

一时间，草原上尽是美得叫人沉醉的粉红色花片。

我和易婷目瞪口呆，硬生生别过头看着阿重霞。

阿重霞脸上红霞陡生，有点儿不好意思地笑了起来：

"大勇……知道我喜欢樱花。"

我差点以为张大勇是忍者。

我转过身，张大勇完好无缺地站在自己身后。

"怎么样，看清楚了我的动作没?"张大勇笑眯眯地向我说。

"当然看清楚了。可是，我还未能做到这种动作。"我说。

"多多练习吧，那不过是极简单的空间转移罢了。"张大勇说着，又向阿重霞笑了笑，"怎样？够漂亮吧？那可是花了好多心思想出来的招式。"

"可是，你背上那根长矛，不够威风。"阿重霞指了指张大勇背后。

"是吗？那是我从别的星系拿来的行星钢所做的武器。"张大勇说着，下一刻，徐天生又攻过来，张大勇不得不挥起长矛，砰的一声消失，闪到半空里，跟徐天生互劈起来。

刃矛交击，爆起了沉响。

先是一记、两记，到后来，两刃相击的速度愈来愈快，一记一记的响音已变成连绵不绝的长响，两人的身影快速地越过长空。

我何曾见过这样的比斗场面？即使是在一旁待命的徐汇，也目不转睛地仰首看着半空。

这些凭时间技术所衍生出来的战斗技艺，令人深深着迷，这两个能够穿越时空的奇人，在半空里你来我往，如两个年轻力壮的天神在比招！

速度愈来愈快，张大勇的矛较轻较短，攻得较快，可是在力量上稍逊一筹。张大勇念及此，即暴喝一声，双手握矛，拗腰用力劈出惊天一式。

矛首挥出了一个炽目光球，向徐天生疾飞过去。张大勇挥出一个光球后，像着了魔一样，疯狂地击出第二记、第三记……

徐天生不敢怠慢，反手握剑，身子急转，形成了一个密不透风的剑网，仅仅把光球挡住。

光球在徐天生的剑网外爆炸。更多的光球飞来，徐天生挥动着长刃，挡接着愈来愈多的光球，更多的爆炸在他身边出现，他整个人几乎要被火焰吞噬般！

然后他怒叫一声，挥动着的银白长刃，冒起了一个光亮力场。

力场不住扩大，包围着徐天生，再继续扩大，如一个不断膨胀的大圆气球。

这一刻，张大勇再击出光球也没任何作用——光球刚一接触对方的力场便爆炸，不能伤害对方的身体半分。

“好厉害！时间管理员可以做出这些动作吗？”我猛的别过头向阿重霞问道。

“你自己猜猜啊，不要老是问我嘛。”

“是把别处的光球转移到这里来吗？”

“什么地方会有光球啊？你要把‘龙珠’这套动画都搬到这里吗？别傻了。”

“是把飞机的喷射引擎发出的火光移到这里？”

“不对。”阿重霞摇摇头，“你想得太复杂了。他们两人，只不过是把这个空间里的空气分子，作充分使用罢了。”

空气分子？

“水的成分是？”阿重霞故意给了一些提示。

水的成分是一个氧分子加上两个氢原子。

而他们拥有任意穿越时空的能力、拥有把物件转移的能力……

那么把空气的氧分子一次性聚合在一起，便成了其他物质，例如，92 颗中子和 92 颗质子聚在一起，就是核弹的原料铀！

可是，在极短暂的时间里操控大量原子，这该有多大的难度啊！

我想着的时候，半空里又有了新的变化。

徐天生那不断胀大的力场蓦然瓦解，在金光里，隐约出现了数条人影。

数条人影冲出。金光化粉，散落。

而那 10 个人，全部都有着一模一样的脸孔。

10 个徐天生！

“居然动用‘十人斩’！”张大勇骂着的同时，10 个人已然包围着自己，举起十把长刃，疯狂地劈打着。

这十个徐天生，每一个都壮健有力，显然都不是幻象。张大勇奋力地在半空闪来闪去，可是 10 个徐天生也不住紧追着，张大勇在瞬间处于下风。

“糟糕！是‘十人斩’！”阿重霞忧心忡忡地说，“那是把十个处于不同时间的自己都召唤到同一时空作战的方式，是严重违反时空定律的招数，连时间管理局也禁止使用！”

我呆呆她听着。

“有十把利刃威胁着张大勇，并不可怕，可怕的是，10个徐天生，意味着可以产生10个时空力场——张大勇要对付的是徐天生的10倍力量！”

阿重霞说得没错。半空的张大勇，完全无法对付10个对手，只能仅仅避过某些攻击，随时都有被斩开的可能！

说时迟那时快，张大勇在半空横冲直撞，竟不自觉地走进了10人的包围网！他整个人马上被力量定住，动弹不得。同时间几把利刃朝张大勇的头、胸、腹、腰、脚不同角度斩去！

我绝望地看着这一切。要不是我，张大勇怎会身陷险境！

千分之一秒间，形势陡变。

一时之间，天空里风起云涌，同一个空间里似乎一下子挤进了无数强大的力量，云层在不住翻滚，天地变色。

天空里多了许多人，10个、20个、30个……

有100个之多！

100个张大勇！

阿重霞告诉我，这是禁忌的时空手法。

徐天生的“十人斩”。

张大勇的“百鬼夜行”。

我想了想，终于明白：这些招式，说穿了，不过是把不同时代的自己召唤到同一个时空作战。这种作战的后遗症是：在同一空间出现10个自己，那么就要在未来的时候，被召唤九次，回到那个时代帮忙作战。这种完全违反时空律的招式，我在时间大学，听都没听过。

这一刻，天空里100个张大勇，包围着10个徐天生，是个史无前例的火拼场面。

战云再起，徐天生完全不敌张大勇。

下一刻，巨响又再爆起。

一人出现。

他，全身战斗服，身型健壮，一头金发，左右手各系着厚重装置，闪动着iTime光芒，正大踏步地向我们走来。

“是雷家第三代！”易婷叫道。

雷家第三代？

一看，那人不正是雷炫吗？

他变了好多！

我相信在他眼中，我亦然。

张大勇、阿重霞、易婷三人，反应绝对不慢，拖着我，准备脱离这个时空。

他降落不到半秒，而我们决定离开也不过一秒，可是，已经迟了。

他挥手，而我们四人则同时动念，跃离这个时空。

起步——

再落。

草原。

起步——

再落。

仍然是草原！

我们一脸骇然。只有两个可能性：草原太大，或者——

我们被锁死，跳不出去！

“佛掌力场。”张大勇沉声说，“特定的物理力场，时空跳跃者无法逃脱出去。是首个糅合时间管理局和时空公会的技术。想不到他们已这么先进。”

“不行！”易婷双掌合十，掌中拉出一把长剑。

同一时间，天际的云，全被一股无形力量驱走。

易婷缓缓浮在半空，剑尖指天。

“时空顿转剑？”徐天生叫道。

同时，剑尖爆出光芒，直射天空，然后强光一闪，天空中落下片片巨大花瓣。

徐天生见状大叫：“小心！”

话毕，花瓣已落在徐汇头顶，透过全身，降落地面消失。

先是小草枯萎。

继而是徐汇的身体一阵抖动，突然倒后行走，古怪万状。

“逆熵剑歌！”徐天生叫道，“这女娃要的是‘逆熵剑歌’”！她是逆熵唯我的女儿！

易婷是逆熵唯我的女儿？

我听呆了，还未来得及反应，易婷身形一矮，持剑急转，花瓣如雪片激散开去，击中了不少TT战斗员。

这些战斗员被击中后，个个神情古怪，也像徐汇一样，一一倒后行走。

“被光线击中的，物理会出现倒流现象，直至回到母体，然后死亡！大家退！”徐天生又叫道。

这时草原乱成一片。

好一个雷炫，避开全部花片，从 iTime 也拉出一剑，剑气一扫，半空的易婷首当其冲，如断线风筝飞过来，漫天鲜血。

我狼狈地把她抱住。

“这一招用尽她全部时能！”阿重霞急道。

我想也不想，抢过那柄“时光顿转剑”，闪到雷炫半空，朝着雷炫就是一劈！

“不要！”我听到张大勇远远传来的叫声，“雷炫手上的，也是‘时光顿转剑’！‘两极穿隧剑’不能相碰！”

太迟了。

剑身交击，极静。

轰！

事后，我才知道，原来这些破坏时空律的招式，不单损己，而且对时空会造成极大波动。

我们全部人被轰飞开去，我想抓着易婷……

不能。

她被吹到视线最远最远的角落。

至于我，与众人距离渐远，就像——

就像一团面粉中，混合了许多的葡萄干。葡萄干就是我们。然后，面粉被放进焗炉，粉团胀大，葡萄干与葡萄干之间的距离，瞬间拉远了。

粉团仍在胀大。

我与众人，相隔无数距离。

然后是七色缤纷的漩涡。

我在时间大学里学过，超空间是灰色的，一如小叮当坐时光机经过的超空间背景，可是如果遇到各种颜色的漩涡，时间旅行者必须小心，因为这是时间乱流的一种，通往宇宙什么角落，或蛮荒时代遥远未来，甚至平行宇宙，什么都有可能。时间管理局的人，曾借此种乱流，企图突破时障壁或禁飞区，可是没有一个人回来。

我该到哪儿去？

各种颜色漩涡在我眼前，形成一个个出口，似乎待我选择。

红、橙、绿、黑、白、紫、金……

我忽然想起胸口那阵痛楚，想起机场上空，未来的我曾对我说过的那句莫名其妙的话："记住，是金色的光，金色！"

我朝金光飞去。

第十二章　时若飞的过去

闪

金光。

还有蓝光、红光，在闪动着。

照亮整个黑夜。

警车、救护车全来了，连消防车有也几辆，整条乡村公路，被车灯照得金色一片，配上一阵蓝一阵红的颜色，教人睁不开眼。

好些刚睡醒的村民跑过来，当看到村口景象，都目瞪口呆。

刚赶到现场的警员们也瞠目结舌。

透明的我，呆若木鸡。

我相信任何人，都没看过如此严重的车祸。

巨大的混凝土车，车头结结实实地插在山边，距离隔离民居只有数步之遥。

混凝土车的冲力相当大，混凝土车撞山的决心，简直就像是一枚巨大的炮管，把炮弹直射往山边。

“快，这里！”

更多消防员到达现场，更惊心动魄的景象出现了。

混凝土车与山坡之间，夹着一片薄薄物事。

混凝土车被拉开后，那物事出现，那是一“块”车。

一架被混凝土车推向山边，活活夹扁的红色出租车。

虽说日本车“钢水”没有德国的好，可是不管如何撞击，也不该撞成一片吧？

那根本只会在专压扁汽车的废铁场才会见到。

“郑 sir，”虽是夜凉如水，汇报的警员还是汗流浃背，“那……‘片’汽车中，有一名胖胖的男死者，不过，尸体糜烂得像被搅拌机搅碎，唉，我不知该怎么说……”

被称为郑 sir 的警员——证件上写着郑纪元——远望过去，从久经训练的消防员惊呆的眼神中可以看到，遗骸有多恐怖，有一位还脱下黄色帽子，呕吐大作。

“还有，我们在车里，找到了这些。”警员嗫嚅着。

郑纪元定睛一看，也呆了。

那粉碎的物事，勉强可以看出，是一个完全变形的女性手袋，还有一个破裂的奶瓶。

郑纪元再看看那不可能隐藏再多半具尸体的铁块，再环视墨黑树影的村郊公路，马上拿起对讲机，下了决定。

“我是郑纪元，我怀疑另有伤者，请马上展开第二轮搜索。”

没有了 iTime，我用飘的。

像鬼。

不过，这种“神游”又是另一种感觉，不用输入坐标，不用按“天圆地方键”，只消脑里一想，就到了。

比方说，一位警员拿着文件在翻看，我一动念，已不偏不倚地身处那警员后面，A4 纸大小的文件上一字一句，刚好看得一清二楚。

那胖胖的死者，是任职杂志社的总编，当场死亡。另外怀疑同车有两名伤者，一女子一小孩，女的是某钟表店店主，小孩才一岁。按杂志社的同事说，三人当时同坐一辆车，准备到林村某小馆子吃晚饭。

我看着资料，心里好奇怪。

记忆涌上心头。

钟表店店主？

同时间，郑纪元宣布进行地毯式搜索。

搜索范围愈来愈大。

天际已泛灰，许多被迫临时加班的警员，大打呵欠。

然后，是一声惊呼。

在距离车祸现场超过百米的草丛中，邻近一座土地庙附近，发现生还者。

两母子。

母亲昏迷，脸上一道长长疤痕，仍在淌血。

小孩则在母亲怀里，睡得好甜。

两人被送上救护车的时候，资料也送到郑纪元手上。

我颤抖地站在郑纪元身后。

果然。

女的名叫高悦。

至于小孩——

“这小孩的姓氏很罕有啊，”郑纪元看着天际发白，喃喃自语，“姓时……”

我回到了过去。

不依靠 iTime 进行穿越。

最重要的是，

我进入了我自己的年代，遇到了小时候的自己。

我，居，然，可，以，进，入，我，的，“禁飞区”！

下一秒，我被扯到另一场景。

我根本没法控制，似乎有人把过去片段，剪接给我看。

我记得，年轻的妈妈，整天这样守着这间小小钟表店，看着店外的人群川流不息，车水马龙，一直发呆。

店里劳力士帝陀表统统欠奉，卖的是旧款 Casio 电子表，还有些过气二手 G – Shock，由于这样，所以生意有限，每天不忙。

隔壁的旧店群，是一间间的大型珠宝连锁店、名牌时装店等，这小店夹在中间，好生奇怪。

这是什么年代?

咦，慢着……

钟表店位于旺角登打士街与弥敦道交界之处，店刚好对着十字路口，斑马线纵横又交错，这样位置绝佳的转角位置旺铺，价钱是?

我飘过去地产店，看到告示：

碧街靓装高层单位 1200 呎 80 万

弥敦道地铺 1000 呎 768 万

喔，这是香港的 1998 年！

我的记忆渐渐回来了，那街角，那店的气味。

然后我看到了“他”冲进店里。

小时候的时若飞。

即是我。

“妈妈，有什么是 0 大于 2，2 大于 5?”小小的时若飞问道。

“妈不玩这个，都玩不过你。”妈——也就是高悦道，“你和爸爸一样，最爱用这游戏欺负我。”

“爸爸什么时候回来?”

“不是说过，爸爸不会回来了吗?”高悦继续修理手表。

“他在哪儿?”

“总之不在了。”高悦头也不抬。

小小时若飞想了好一会儿。

“那么，我现在可以去找他吗?”

“胜出我设计的这个游戏以后，再说。”高悦这次正视着小时候的我，缓缓拿起一枚 G - Shock，按下旁边按钮，突然道：“开始。”

小小时若飞也没理会，自顾自说着：“为什么不可以呢？到底爸爸在哪里？你一会儿说他死了，一会儿又说他在另一个时空活着。”

“妈没骗你。”高悦温和地道，“他确是死了，但曾经活过，只要你能回到他仍生存的那个时代，不就可以见到他了吗?”

“你每次都这样说，”时若飞嘟起小嘴，“可是每次都不说怎样回去。我完全不明白。”

“那要看你自己了，你如果遗传了爸爸的能力，那么你长大了，自然可以回去找他。”高悦低声说着。

小小时若飞正想再说什么，高悦忽地把手表按停，“多少秒?”

“23 秒。”时若飞马上回答，“要不要再详细些？23.1758902秒……”

高悦盯着秒表。

“妈你又这样了，我不理你啦，我出去玩了。”时若飞从高高的椅子上爬下来，一骨碌溜出店外。

高悦紧抿着嘴，看着 G－Shock 有限的表面，准确地显示着：23.17 秒。

我不记得有这样的对话，也不记得有这样的游戏。

不过……

自小，我打游戏机确比别人强，到旺角的游戏机中心玩太空侵略者游戏，一次便“爆机”，原因不是我反应快，而是在我眼中，游戏机上的侵略者的移动、发出的炮弹，统统都是慢动作。

我与任何人玩“剪刀石头布”时，对方的出手，在我眼中都会突然变成慢动作，这时，只要及时变换手势，便会获胜。

现在的我，当然知道这唤作“主观时间比别人快”。

可是，那是要靠 iTime 才能做到。

然而，小小的我，那小小的手上，只有一枚旧旧的 Baby－G－Shock。

场景再度闪动。

晚上。小巴内。满座。

我不想“穿透”某位乘客，与之“重叠”，是以，我就这样立在风驰电掣的小巴中央。

虽然我只是虚体，不会跌倒，但看着左摇右摆的小巴，我还是紧握着椅背。

小巴经由屯门青山公路，向大兴邨方向驶去。

“妈妈，下回你要早点叫我，吃煲仔饭之前要浇上酱油，盖上盖子再焗。”小小时若飞对着旁边母亲大嚷。

小巴里的交谈声、电话声、引擎声，统统嘈杂至极，不过，全都被小巴的“速度警示器”掩盖。

如小巴时速高于 80 千米，便会鸣笛，提醒司机，也让乘客知道，司机正在超速驾驶。

可是，眼下坐满乘客的小巴，根本没谁理会鸣笛声，也许大家都在想：早点到屯门，回到家，睡个好觉便好了。

为什么我知道？因为我念杏坛中学时，每晚补习后，坐小巴回家，都这么想。

妈妈坐在窗边，紧抓着旁边的小时若飞：“谁叫你那么贪吃，我早说过浇酱油，会令饭焦更香，谁料你三扒两拨吃起来。”

“那饭真的很香！”小时若飞喜滋滋道，“不过，有个怪怪的名字，曰煲仔饭，把仔煲了，好可怕喔。”

“广州有得吃煲女饭。”

“什么?”时若飞眼睛瞪得大大的。

“有手柄的是煲仔饭，没柄的是煲女饭。”高悦笑着说。

“为什么嘛?”时若飞急道。

“很难解释啊。”高悦掩嘴笑着。

我也在掩嘴笑着。

妈妈……

眼眶不知不觉湿了。

虚空的眼泪，会弄湿现实的世界吗?

“若飞好乖，计算一下，以现在的时速，我们多久才可以回到家?”

小小的时若飞听了，马上集中精神，看着现在窗外的青山公路。

我也在心念电转：时速是87千米……88千米……还有，平日由旺角起步到家，大约是25分钟，如果由这一刻开始计起……

小小时若飞仍在计算中。

这时，身边一位中年男性突然搭讪：“小子，算好了吗?”

“你是谁?”小时若飞道。

“你能回答多少时间，我便回答你我是谁。”中年男子笑着，面容好生熟悉，我在哪儿见过?

“8分7.89988秒。”时若飞马上答。

中年男子点点头：“好。抓稳。”

小孩还未来得及反应，小巴经过深井发记甜品，司机发狂加速。

时速90千米……95千米……

司机是急于归家吧？我心想。

愈来愈发觉不妥。

“现在呢?”

“6分钟8.67721秒。”小小时若飞托着头计算，“不对，速度变了，到家时间应为4分钟……”

“够了。”男子大笑，“果然是时能极高。观测员都说，你在婴孩时代，不但拥有极高时间感应能力，还能进行携物式穿梭时空，我就是不信。”

“你是谁?”

“我是你爸的好友。”男子道。

小小时若飞眼睛发亮，拉了拉身旁的母亲。

母亲却睡了。

我仔细听着中年男子的话：爸爸的好友?

我再端详着中年男子，真的，脸很熟。

“那么我爸爸在哪儿?”小小时若飞很雀跃。

中年男子伸出拳头。

“有什么是0大于2，2大于5?”

小小时若飞的眼睛更亮了。

“是剪刀石头布!”小时若飞大叫，“叔叔你好厉害，居然猜到我的问题!”

“能胜过我吗?”

小小时若飞猛力点头。

一老一少，就这样在车里猜起剪刀石头布来。

一如所料，中年男子，每次都输。

可是他却神采飞扬。

接下来，中年男子说了句话，声音，不带一丝感情。

“时若飞，你，想，不，想，救，妈，妈?”

小小时若飞看着熟睡的妈妈，一脸不解。

“47秒后，这小巴会超速失控，撞向对面车道的电单车，全车人死亡——当然不包括我，可是你和高悦都得死。”

我和小时若飞把嘴张得大大的。

“你怎么知道妈妈的名字?”

“我连你也知道，你是时若飞。”男子道，“39 秒。”

“你是谁?”

“我是时间管理局派来负责‘微调’历史的，不过今天来招募新血加入。我们只挑选天生拥有特殊时能的人。28 秒。”

“我不明白。”

“想不想救妈妈?”中年男子道，“你看，高悦的脸，多美。”

“妈!”

小小时若飞拉扯着妈妈。

我也伸手向妈妈——我的手只能穿过妈妈的身体。

我俩同时大叫：“妈，醒来!”

“她不会醒的。8 秒。”来自时间管理局的男子道，“时若飞，‘闪’啊。”

“我不懂!”小时若飞道。

“他不懂的!”我大叫。

然后中年男子转过头来，看着虚空中的我，深意一笑：“他懂的。”

天!

他，他能看到我!

看到不存在这时空的我!

同一时间，轮胎!

巨大的!

自前方飞来!

突然出现在小巴的视野之中!

轰！

小巴前方玻璃尽碎，车子失控，猛地冲向对面车道……

当下，时间被严重变慢，自轮胎出现一刻起，一切像慢镜般，一秒变成十秒般长。

第1秒，轮胎接触前方玻璃，玻璃如有弹性般凹入。

第0.1秒，玻璃承受不了冲击，开始出现碎纹。

第0.2秒，碎纹扩散。

第0.8秒，轮胎接触到司机脸孔。

……

“世上方一日，我却感千年。”中年男子忽然念着。

我想抓向中年男子，蓦地，白光暴起。

危机。

爆发。

能力。

小小时若飞。

右手抓起母亲手臂。

左手用力抓着前方椅背。

我仿佛感应到过去的自己的那种拼命，精神在高度集中，我也不自觉地大脑用力，咬紧牙龈。

吸气。闭眼。

我俩一起闭气。

我俩一起集中。

心念电转，千里一瞬！

时！

空！

转！

移！

在男子的惊异赞叹目光中，小巴爆起白光。

冒着烟。

小巴冒着烟。

车外，是一个个机器人，正发出此起彼落的惊呼。

“报警，报警！”

小巴内，众人被抛在地上，浑然不知何事，雪雪叫痛。

车窗破裂，小巴司机的脸被削去一半。

“若飞……”高悦呻吟着，眼睛睁不开。

“妈！妈，我……”小小时若飞哭着。

我看了看窗外，烈日当空，哪是什么黑夜。

至于路上，则是泥泞处处，灰尘扬扬，是正在修筑中的公路，许多机器人，对车子探头探脑，几个监工穿着工作服，发型老土至极。

“这是什么新款车子啊……”车外传来声音。

“这是许多年前的屯门公路，尚未修筑。”中年男子向我走来，“简陋，但一切尚未发生，是多么美好。”

我盯着他。

我想，我知道他是谁了。

“后来，我们选取了屯门公路，作为其中一个时空公路的出入口。由于早期的力场不稳定，致使经常出现交通意外。”

我听着。

“小时候的你，救了母亲，救了全车人，就是救不了司机。”

我听着。

“不过，这证明了一件事，你果然是完全继承了时逸仙体内舍利子的人。”中年男笑道，“我会回去，静等 13 年，然后把年轻的你吸纳入局，我们要靠你体内的时能，运作新一代的时间管理局。”

我听着，再听着，每一个字都听着。

“再见。”年轻的雷达之说。

（第二部完，请看第三部。）

时空旅行手表使用说明书

外观

●本产品为 iTime 第5代，并首次革命性地改为手表型设计，主要是方便时间管理员腾出双手执行任务。

●Tolex 与 20－23 世纪流行的手表无异，但较大，金刚钻高透明表面，近圆形状。表带呈闪蓝色。

●表盘一圈又一圈向内收拢，拾级而下，如古罗马斗兽场观众坐席。

●表面在正常状态下，同时显示时分秒针及数字时分秒，另有年月日显示，表中心的上方，刻有 TT 两字，即时间管理员简称。

容量

●表底刻有两大制作公司 Apple 及 Rolex Royce 的商标，另有 16G、32G 或 64G 字样显示。

●16G、32G、64G、128G 等，代表该表执行任何功能时的运算速度。1G＝1 Global，即一行星。时间管理局在超空间里，设立了多台行星电脑，一台电脑的记忆体就有一个小行星大小，16G 即同时通过 16 个小行星联网运作计算，愈多愈快，依此类推。

显示

●执行任务时，表面会转为显示任务相关资讯。

●显示资讯有多种方法，如立体全息显影，像古电影《星球大战》召开会议时的投射影像。

●同时，Tolex 将资讯同步显示在时间管理员的视网膜上，Tolex 也可以把资讯以声音模式传入使用者的耳骨里。

●设定多种显示资讯方法的原因不难理解：就是为了让来自不同时代、不同科技背景的时间管理员，都可以迅速掌握 Tolex 的用法。

●另一原因，是大部分任务都很复杂，现场环境不容许停下来看表，直接显影或传音式，对时间管理员来说最为合适。

材质

●款式及材质方面，手表外壳由记忆纳米组成，理论上只要手表内里元件不变，外壳可以变成任何样式，适合来自不同时代的人喜好，也配合前往不同时代时衣饰伪装之用。

●如前往手表尚未发明的年代，则手表会化成透明颜色，唯内部元件不能隐藏，仍然会被看到。

设计

●Tolex 为 iTime 第 5 代，亦为“手提式”时光机的终极模式，此后造型不会再有大改变。

●制造商为时间管理局及时空神秘机构 IiApple。

●值得一提的是，时间管理局与 IiApple 合作过程中，IiApple 曾透露，之所以坚持手表设计及风格原因，乃避免与其他时光公司产品混淆。此番话曾惹起极大争议，时间管理局推断，IiApple 早已知道未来会有更先进、其他款式的 iTime 出现，甚至是其他公司开发的“内置式时光机”或“生物植入式时光机”（即刚出生已拥有可直接穿梭时空的基因及器官），对此，IiApple 一如既往，对未来三缄其口。

能源

●Tolex 会直接把时间管理大楼的中央能源，转移到表内使用。

●Tolex 的能量模式不明，混合了光能、核能，手表中央收藏了一小块被称为“舍利天”的量产式能量块，制作成分及来源不明。

一般使用方法

●表带会自动适应使用者手臂粗细调校松紧。戴上 Tolex 后，内里的 12 条生物感应光纤，会于毛孔进入手臂，与使用者的各种感官进行联系。

●Tolex 会自动翻译语言，于耳骨里播放，又会将时间管理员的话翻译，通过 Tolex 立体声播放，所以时间管理员与各时代的人沟通并没大问题。

●表身会投射出虚拟键盘，时间管理员可接触虚空中那不存在的键盘，输入资料。键盘设定以 23 世纪样式为蓝本，共 168 个键。然而大部分时间管理员仍采用语音输入。

穿梭时空方法

●Tolex 表面有一圈蠔式金属圈，解开安全锁后，即可转动。

●顺时针转动者，加快主观者时间；逆时针转动者，减慢主观者时间。谨记，此项功能只针对使用者的主观时间，并没有改变任何客观环境，如把周遭时间流逝或停顿等等。

●表身周遭有时会投射出较大的虚拟蠔式圈，有较仔细的刻度，供时间管理员更仔细调校主观速度。

●表身载有通话功能，一般来说，用作与时间管理局总部的部队支援人员联络，或要求对方传送自己，或传送物资之用。学员版的 Tolex，一般传送的物资质量不能太大，以人造卫星大小为上限，传送的地点亦有一定限制。

●个别 Tolex 拥有转移巨大物件，甚或转移整座小岛的功能，称为“移山填海功能”，详情不明。

●Tolex 前方有小型发射器，主要是射出“时间能量”，让被照射的物件，改变其时间，被照射的物件，破碎的碗可变回完整，新生的树木可以变为枯枝。

●Tolex 前方有另一发射器，主要是射出“穿梭时空光线”，光线会在前方形成一道光屏，时间管理员穿过光屏，即可到达事前设定的时空坐标。原理与时空门相同，与 iTime 不同的是，以 iTime 进行穿梭时空时，往往未能掌握目的地情况，相比之下，进门式的 Tolex 较安全。

●通过 Tolex 进行时空穿梭，时间上限是 3000 年。超过 3000 年，使用者会感到身体不适，严重者身体时序会被打乱，出现即时衰老现象，Tolex 亦可能会负荷过重而停止运作。建议使用大型时光车或时光舰，进出 10 万年以上的时空。

时光笔记 5

如果让那些发明时光机的科学家，或让“时间管理局”的高层知道，原来有另一种完全不用任何仪器、不用任何时光机，亦可以进行时光之旅的方法存在，他们准会发疯。

如果我再告诉他们，这种另类穿梭时间的方式，始作俑者是一位生于 21 世纪末、对科学一窍不通的科幻小说作家的话，那些科学家可能会气得自杀。

事件得由 2099 年的那次第三次世界大战开始，战争起因、过程、结果在事件中一点儿也不重要，反正战争虽把地表变作了焦土，故事却在地底世界发生。

是这样的，科幻小说家柯莱恩（Stefan Klein）在战争爆发前夕，便与家人全部躲进家里的“安全室”。“安全室”位于地底深处，有粮水自给自足，可维持多人生存半年之用。

可是，柯莱恩知道核武的威力，未雨绸缪的他，在原有的“安全室”下方 50 米，花钱再建立一个“第二安全室”，他那妻子起初连建造“安全室”也反对，更遑论再起那么大的一个仓库了。不过，柯莱恩的科幻小说卖得不错，版税足够建立这么一个昂贵的秘密玩具。

事实证明，柯莱恩并非杞人忧天，核战比想象中剧烈，他们才搬进“安全室”第三天，辐射量已不断上升。柯莱恩当机立断，一家八口迅速乘电梯，移居“第二安全室”。

不幸的是，“第二安全室”也岌岌可危。爆炸威力令这间小小的地下城，其日夜自动交替的照明系统短路，对外的监视器也失灵（通讯或上网更不必说了）。于是，他们只得凭感觉，倦了便关灯睡觉，睡够了便起床饮食，他们不知时间若何，因为迁居时匆忙得连一只手表也没带。

我们不必想象一家大小如何在没什么娱乐的地底世界发疯，我们只要留意柯莱恩就行了。要记住柯莱恩是位作家，平日他也是待在家里写作，地表地底还是地底深处，一点儿分别也没有。何况，他在大战以前，已列出了一连串的写作计划：他要写一部关于冥王星的殖民地小说，小说共分为五个系列，分别为“黑冥王星”“白冥王星”“蓝冥王星”“绿冥王星”与“红冥王星”，叙述冥王星殖民的兴衰史。

我们对这部小说的兴趣也不大，关键在于柯莱恩是位很严谨的作家，他在地表时已设定了每天的写作计划，比方说每天要写一章、写若干字，并严格执行。由于柯莱恩是全职作家，恪守这项规矩并不很难，即使在地底世界，于是，柯莱恩的创作展开了。

刚才说过，地底下并无任何计时器，大家都是倦了就睡，醒了就找些无聊事做，家人们都在看书（可是就是不看柯莱恩的小说，我怀疑每位科幻小说家的命运都一样：没可能把家人变成读者）。柯莱恩也一样，不断地写，写不下去就吃点儿罐头食物，看看书，困了便睡。完全不用依照手表、时钟，就像在荒岛般放任自在，区别在于荒岛还可以看到日夜，而地底不能。

半年后，“第二安全室”氧气循环供应响起警号；再过一个月，柯莱恩不得不尝试回到地表——结果如何仍然不重要，你不必问为何地面部队很快找到他们并拯救大家，也不必问“第二安全屋”原来有保养期，没受战争波及的厂方，一早派人到各区拯救用户，故事的关键是：在没有任何时计的情况下，柯莱恩一家在地底过了整整210天，而柯莱恩的作品，居然刚好写了210章。

这就是故事关键：原来，在没有任何计时、照明的情况下，即使身处隔绝环境，人体、大脑仍能以24小时为一周期运作，提示我们作息。有些人或者会以24.5小时或23.5小时为周期，但当中必定有16小时维持清醒，而有约8小时是睡觉的。

其实，在柯莱恩时代的100年前，许多人早做过类似实验：1962年7月16日，23岁的法国地质学家西佛伊（Michel Siffre）没戴手表，进入南阿尔卑斯山一个被冰河覆盖的洞穴，待了两个月；10年后他再进行实验，待在德州一处洞穴达205天。

后来又有一位法国女子波蕾桂（Veronique Borel – Le Gue）打破女子纪录，在地底待了110天，不过她重返地面时，陷入忧郁，一年后自杀。

柯莱恩的际遇很不同，他在回到地表以后，发表“冥王星”系列，销量不太好——受到摧残的地球遗民，想看些现实的、回忆的、温馨的作品，暖暖心灵，那个太遥远的、早在100年前已被除名的小小行星，引不起幸存者的兴趣。

但柯莱恩却不在乎这些，作品发表后一年，他加入了“脑同会”。也就是“时空公会”最早期的前身组织。

时光笔记 6

柯莱恩才加入“脑同会”的第一天，就知道问题出在哪儿。

起初，他以为在地底度过那 210 天，写成了那 210 回的章节，所以相信人体的周期会精确而自动地维持在 24 小时的状态。

可是，研究人员发现，那 210 回的章节里，每章节的字数，居然比起柯莱恩在躲进“第二安全室”时，要长得多。

比方说，平时看着钟，一小时写 2000 字；地底里，没钟看，一小时不知不觉写了 3500 字。

当然，柯莱恩并不知道自己写了那么长，他只是企图按照平时自己的习惯和速度来写，尽量写，困了就睡而已。

因此，结论就是：

（1）人体有一个自动的、精确生理时钟，这生理时钟，大约仍以 24 小时运作；

（2）此外，你的体内原来还有另一个“内在时钟”：在你没有看钟的情况下，你的内在主观时间，可能与看钟时，很不同。

不明白？让我们回顾一下，20－21 世纪，已有大量这类实验，印证人类的内在主观时间，是可以被调节的：

（1）在一宗校园枪击案中，从枪手进入校园、开枪，至离开各人视线，共为 40 秒。可是，事后各目击者的回忆中，几乎每人都说事件长达1分钟，有几位更说4分钟。

（2）19世纪，冯德（Wilhelm Wundt）发明了一台“节拍机”，并进行实验：起初拍子节奏平均，后来提高滴答声音量，听众便以为节奏加快了，其实只是声音高了，节奏呢？由始至终都是一样速度，没变过。

（3）希区柯克（Hitchcock）曾拍摄电影《夺魂索》（*Rope*）。没有人知道希区柯克原来借电影做实验：全片一镜到底，和我们平时看电影有剪接镜头不同，电影描述一场宴会中的凶杀案，在影片中，我们可以知道整场宴会历时3小时，背景由日至夜。然而散场之际，观众发现原来片长只有80分钟，都大吃一惊——许多人都坚信自己刚才在电影院里待了3小时。

（4）古日本一场正式的茶道仪式长达6小时，但参与者却不感觉时间悠长，因为茶室布置和谐雅致，表演茶道者生火、煮茶、冲泡，热气自水壶冒出，配合缓慢动作。品茗者的注意力高度集中起来，加上主观意愿认为冲茶是一件很快的事，因此原来坐了6小时，也只觉得是一两小时的事，浑然不觉。

以上各事，其实都证明了一件事：人类的主观感觉原来很容易被外在环境欺骗，虽然身体的周期仍如常运作，但内在感觉出的时间却是另一套。

说了那么久，那么穿梭时空，与以上种种有何关系呢？读者们可以想想，既然人类的内外，对时间如此敏感，那么，是哪一个器官，负责这些时间感觉呢？

柯莱恩以前，有许多人做这方面研究，柯莱恩以后，研究的人更多。核子战争以后，人口减少，外太空殖民计划戛然而止，科学重点全落在“内宇宙”——人体方面。有关主宰时间感觉的器官，也一一被发现。

（1）上视交叉神经核：主管人体时钟能 24 小时运作，这器官会不断发出脉冲，为人体准确提供信号。曾有患者生脑瘤，此部分受损，患者的日夜节奏被完全打断，即使在地表，也会半夜起床写小说。

（2）基底核：发出脉冲信号，传到身体其他部分，产生韵律，协调肌肉之间动作。美洲豹狂奔、鸟儿拍翼飞翔、棒球手击出时速 200 千米的球……全靠基底核提供信号，指示身体各种肌肉进行这些复杂至极的动作（单单击球这动作已有 30 条肌肉配合）。

（3）多巴胺：荷尔蒙的一种，由中脑名叫“黑质”的脑区释放，再送到宽阔的额叶。多巴胺会改变我们对外界事物接受的方式，使我们注意力集中。有一种物质会使人脑分泌多巴胺：咖啡。曾有实验人员为患有“过度活跃症”的病患小孩注射多巴胺，但成效可疑。

这些名词只是皮毛，科技不断发展，科学家发现更多与时间操控有关的脑区，而病例也开始有系统地建立起来。不过，真正促使人脑与时间旅行挂钩的，却是某年的一次实验。

柯莱恩自愿接受脑部改造实验。那是他的妻子回到地表，因抑郁而自杀后发生的事。

实验由他提出，受到“脑同会”企业高度重视（当时公司已上市），也获政府大力支持（除了柯莱恩的儿子）。

改造项目包括上视交叉神经核、基底核、多巴胺等多达30处脑部组织，手术包括电击、切除、增幅、嵌入仪器、移植……

然后可怕的事情发生了。

时光笔记 7

“我看到了光！隧道！尽头处是光！”

“战争，全宇宙都在战争！他们在发射核热武器，光——”

“怎么一切都停下来了？你们想干什么？”

“我看到了，原来我真的是第一人……为什么要杀我？”

以上，是“柯莱恩实验”里残留的唯一声音档案。

没有人证、物证。

因为在手术完成后 5 分钟，整座医院大楼发生爆炸，高度的核热火焰把柯莱恩、18 名医生、50 位科学家及政府代表、大楼内的 3000 名患者、家属及医护人员，一一送进火海。

奇怪的是，如此大规模的爆炸，爆炸范围却被恰恰锁定在整座医院，如有一个透明护罩包裹着灾区，热爆风完全走不出这个范围，一街之隔的化验大楼，一点儿事也没有。

到底发生何事？柯莱恩的实验是否成功？

为什么爆炸居然是由医院外至医院内的形式进行，而非由内爆向外？柯莱恩的手术室为何刚好置于爆炸正中央？谁进行这超越该时代的高科技攻击？为何政府掩饰事件？

还有一个问题：为何政府，竟然只派出一支队伍到现场增援？这队伍，居然全部由一个个身穿黄袍的僧人组成！要超度亡魂，也不用这么着急吧？

结果，仅仅一天之间，像从来什么也没有发生过一样，人消失了，证据没了，消息被封锁了。不过，却锁不住我的好奇之心。

虽然，爸爸所写的科幻小说原稿（包括销量欠佳的“冥王星系列”）全都被没收，所出版过的作品也静悄悄地在市场内以不低的价钱回收。不过，我们自地底逃出生天以后，爸爸曾经与我有过许多晚的对话，他提及过许多崭新的写作点子，由我负责一一记下。

他说，不用再写那么多了，只想尽情地构思，反正那时候第四代的写作电脑已经很成熟云云。

他所说的写作材料，我一一记下，现在回看，他的写作资料库中，提及最多的，居然是一种宗教。

是那穿黄袍、人人剃掉头发的宗教。

还有，那宗教一直在开发不为人知的异能。

一直以来，这些异能的资料其实相当公开，只不过相信的人少，而修炼的人更少。

资料说，少数具备天资（包括领悟力及体能）、得名师传授（古印度及古中国正宗法门），而又肯花多年修炼精进的佛门弟子，经过多年努力，往往会练成“神通之技”。

（1）**天眼通**：基本技能是“千里眼”，此技法修炼至极限，不但看到千里之外，更可看到光年以外的星云变化，也能看透微观世界的原子分子结构。

其次是“预视眼”，在西藏山南地区加查县有一座神湖，通过特定僧人的祈祷，湖中会显现一些景象，当年即由此得知十四世达赖出生的位置。不过，能预视的未来景象有时相当混乱，一说是由于现在每时每刻都在变，未来当然也会受影响不断改变，另一说是功力未够者，会错误预视其他平行宇宙的景象。

（2）**天耳通**：基本技能是可以聆听宇宙里任何角落、任何人所说的任何话，进阶者可以听到任何人的心底话、内心祈求。

当然，宇宙里人口何止兆亿，我该听什么资讯？一如互联网资讯浩瀚如海、空气中广播频道数目无数，因此，最强的**天耳通**修炼者，其内心能自动感知与其有关、与未来重大事件有关的资讯，并为此作出下一步行动。

（3）**他心通**：比**天耳通**更进一步的技能，知道别人心底话以外，甚至可以进入其内心，撷取其记忆片段，找到一些连当事人也未必记得的潜意识。暂时不知道这项技能是否可以控制别人内心的想法，但肯定的是，两位拥有**他心通**的修炼者，肯定可以在相隔数千光年情况下，毫无隔阻地在内心交流。

（4）**如意通**：其实就是“神足通”。古代中国提及不少“日行千里”“神行太保”（《水浒传》里的戴宗），拥有“神足通”的基本技能，就是可以瞬间到达任何地点。

然而**如意通**真正的技能，却是可以进行物理改变，比如操控电磁力改变原子结构，重新组合成另外元素，是以点石成金不难，而改变空气分子结构，呼风唤雨，就更是基本功。至于改变自己容貌等“变身”行为，也属于**如意通**范围（如《西游记》里的美猴王，乘筋斗云、七十二变、放大缩小如意棒）。

而最后两种**漏尽通**与**宿命通**，就是真正的时间旅行技术了。

时光笔记 8

（五）**漏尽通**：最少人听闻过、知道的佛门技能，是在45世纪以后，引起时空旅行学家研究兴趣的一种异能。

漏尽通的基础能力是前文提及过的**天眼通**里的“预视眼”，然而能够预视未来，却无法预视未来的其他可能性。譬如说你能以“预视眼”预视自己的未来，知道自己将会与这位女子结婚，也预视十年后会离婚收场。当然，现在的你可以选择与这女子分手，却无法知道在众生中，该选哪一位女子，才可以选到长相厮守的。

漏尽通的能力，即把要预知的事物的一切可能性呈现出来，并作出比较，决定哪一种结果才是最好的。**漏尽通**可以计算出所有你接触过或未接触过的女伴，并判断与哪一位一起会得到最好结果。

至于能预视多少位，能在多少位中找到最好，视乎异能者的功力。

当然，选终身伴侣并非此神通的目标，**漏尽通**可以应用于任何事情上：比方说，你可以有不同的决定，而每个决定会对未来造成什么影响？**漏尽通**会使所有结果，像“画鬼脚”般一一呈现出来，**漏尽通**正是让你追踪下去，知道每一个分支的终点结果如何。

（6）**宿命通**：与**漏尽通**相反，不看过去，反而逆流而上，追本溯源，回到过去，并找出导致现在事件的最根本起点。

比方说你与妻子经历了多次离合，最终共谐连理。但是，在过去那么多年相处中，哪一个关键时刻如果作出错误决定，会导致两人不会走在一起？**宿命通**就是在“画鬼脚”的复杂巨图中，向上找回适当的“时空关键点”。

漏尽通与**宿命通**，其实二而为一。修炼至顶点者，除了可以穿梭时空，改变过去，更可以随意在“平行宇宙”之间跳跃，选择最理想的宇宙生存。

有人说，拥有神通，其实已达“神”或“佛”的境界，耶稣基督过红海、五饼二鱼、死里复活，其能力根本与神通殊途同归。要是这样，大凡修炼者即有颠覆世界的机会，对世界岂不危险？

非也。因为“神通”虽强大，但敌不过“时空业力”，也就是因果报应。21 世纪的人开始接受“天人合一”的思想，知道砍伐树木过多，当水灾来时，就没有树林挡住泥石流，远古时代台湾小林村即曾遭此祸；还有古中国首都北京，也是因为过分开发，导致沙漠化，使风沙一直吹到北京城，使北京城在奥运会后 100 年内变作废墟。同样来说，世界是一个整体，在 A 处进行破坏，可能会在 B 处呈现可怕后果；人体也一样，古代治疗癌症用的是化疗法，癌细胞未消灭，头发已经掉了大半，必须知道，人体是一个整体，不能分割成一个一个器官独立去看的。

其实，这种“整体合一的自然观”，可以说是“蝴蝶效应”，而“蝴蝶效应”也不只限于空间，更可应用于时间：凡事整体去看，一个决定会牵连另外一些后果，因果有报应。

以下是佛家著名故事：琉璃王出兵攻打迦毗罗卫城，佛祖劝战不止，佛祖座下弟子目犍连，自动请缨，要以法力救出族人。佛祖曰必定无功而还。目犍连不信，凭其神通进入被军队重重包围的迦毗罗卫城，救出500名战士，并盛入钵内，飞出重围，得意地来到佛祖前邀功。谁料打开钵子一看，500名战士皆成血水。佛祖这才说出因果："昔日我国有一大湖，族人为庆祝大节日，居然将湖水抽干，吃光湖中之鱼。有一小孩不爱吃鱼，只是贪玩地拿杖敲池中一尾最大的鱼的头三下便算。那一尾最大的鱼，即今日之琉璃王，围城大军是昔日鱼族，那位小孩就是今天的我了。我头痛三天，是那杖敲三下的报应，而我族人尽吃湖鱼，今天被攻城的冤屈，也实在是注定的！"

时空辞典 2

时空霸权

讽刺雷家的术语。由于雷家欲统一人类文明，把二万五千年收归其管治之下，虽云其目的是对抗入侵者，但也间接做成了专制、霸权统治。后世有关这方面的讨论，远比起伊禔星人的入侵来得多。主要讨论重点，落在“时光机”与“帝制”的关系上。传统的帝制问题，在于皇帝即使年轻时多么雄才伟略，但老了也会变质，如中国唐玄宗、印尼总统苏哈托；第二，即使皇帝终此一生英明，但子女却不保证有相同素质，中国秦始皇的第二代、中国三国刘备的第二代便是。可是，如果此皇帝是长生不死，永远英明（通过 iTime 不断令自己年轻）、加上根本不需要第二代、第三代（因皇帝可直接进出任何时代，进行统治，不需子嗣继承），那么，帝制的两大问题便已解决，剩下来的就是帝制的优点：决定快、行政统一。这对危在旦夕的人类文明，确是起了快速运作补救的作用。

深层次矛盾

就是“为最多人谋求最大幸福”的整体人类文明观，还是“顺应自然，时空自有其办法”两大主张之间的冲突。为整体，而放弃个人；还是尊重每个人的个人意志？这是“微调”计划出现后，经常被讨论到的话题。

时足印

穿梭时空时有各种不同路线，愈走得远，花的能量便愈大。在新文明的“环保主义”下，不少人开始主张，禁绝个人利用科技穿梭时空。

文明连结计划

由雷家提出的“文明联结计划”，其与时空之圣艾萨克·阿西莫夫的“基地计划”，及罗辑的“太阳系黑域计划”，堪称人类史上三大宇宙工程。“文明联结计划”的内容很简单，就是用时光机，把不同时代的人类文明，联结起来，联结内容主要是武器及人才方面。例如每个文明都有核武，将之集合，一次性使用，当可产生巨大威力；又或者每个文明都有聪明的人，除了聚集他们进行会议以外，还会把其大脑联系，在最短时间解决大量技术问题。不过，在伊禔星人到来，并拿出其撒手锏、外星科技“天罪”之后，“文明联结计划”意义消失，一切变得荡然无存。

离魂症

时间管理员穿梭时空后遗症之一。穿梭时空时，肉体固然进出不同时空，但有时候脑波却未必同步穿梭。所以早期有时间管理员返回后，双目失神，口吐白沫，患上了不可救药的痴呆症；更可怕的是两个时间管理员的脑波和记忆重叠在同一躯体中，最后发狂而死。时间管理员的病症极多，这也是为何雷家一直想利用舍利子穿梭取代科技穿越的原因。

图书馆

穿梭时空着陆的代号，意思是指着陆时，必须无人在现场，不能被人目睹自己突然出现，否则会引起不必要的后果。最佳的无关人着陆地点，是深夜的图书馆，或图书馆的典藏部，一般来说，既没有人，也没有监控镜头。电影 *A Time Traveller's wife* 和 *Jumper*，前者进行时间旅行，后者进行空间跳跃，落点都在图书馆。有兴趣可找片子来看，情节在电影开端即有。

灭族

以前称作“祖父悖论”，即我回到过去杀掉我祖父，祖父死了，父亲不会出生，我也不会出生，又哪来我回去进行谋杀祖父？既然如此，我的存在，证明了我的杀祖父计划不成功。可是，实验证明，你仍可回去杀掉老人家，而在老人家断气前 3 分钟，你的身躯会变得透明，断气前 1 分钟，你的意识开始模糊，而祖父断气一刹那，你同时会消失。

因此，时间管理员进行“灭族”（后来又称为“连坐法”），简单来说就是杀掉你祖先。由愈古的祖先杀起，那消失的后代就会愈多。

历史影响指数

对历史的影响力，由 0 到 10 万不等。一般时间管理员都可通过 iTime 看到。如果影响力超过 5000 的，必须由局内提供指示，才可决定杀或救。时间管理员执行任务时，应尽量远离这些人。曾有时间管理员对其中一位历史影响指数达 3 万的人说了一句“我来自未来”，结果差点儿促使那人发明了时光机。

地大物博

地球大学物理博物馆，外号“第三基地”。展出所有时光机的初型及最终型，身处位置极神秘，有说在银河系旋臂末端，也有说在地球某处。每次入馆，必须经多道关卡验证跳跃，才能进入。现任主事人为梅塔龙。

敬启者号

人类其中一艘太空船，刘磁为船长，海豚一号至海豚十二号为12位副船长。敬启者号在某行星上几近遇险，驾驶人员差不多全部殉职，刘磁遂把该行星上的海豚，进行智慧提升（Uplifting），成为临时驾驶员，继续把敬启者号驶向远方。然而，敬启者号不久即遇上伊褆星人，刘磁失踪。

空间管理局

成立于公元37世纪，由星际巡逻队和宇宙警力等合并而成。25世纪的人类，已逐步移民往外太空，开发无限世界。为了有效控制资源分配、太阳系交通流量，遂成立空间管理局。

时间管理局

成立于公元40世纪。当时由地球大学的倪长焕博士和“超新星精密重工”合作，制造超微型人工黑洞，运用“虫洞时间旅行法”，在太阳系2500亿人类面前，成功把实验物送到3分钟前的过去。人类穿梭时空的纪元正式展开，然而不少政治家预见这种科技的危险性，建议将该种科技加以管制。次年，官方将时间旅行的所有资料消除，并成立“时间管理局”，阻止过去未来所有企图穿越时空的不法分子，保护完整历史。

微调计划

“时间管理局”的12位副局长所共同执行的一个计划。

派遣时间管理员到某些时代，把人类的历史稍作调整，使之走向更理想的道路，务求令“为最多人谋求最大的幸福”。

宏调计划

大型历史调整。例如消灭整个民族，或令某个民族兴旺；让两个民族之间提早接触，或令两者爆发战争。由于改动幅度极大，遂很早便产生了“树根效应”，也就是在进行修改的一刻，原来的历史继续前进，修改后诞生的历史也开始前进，两个世界的历史同步发展，即所谓的“平行宇宙”，而后来才登场的“平行管理局”，即处理这方面的问题。

关键任务

名称来自一部电影 *The Minority Report*（关键报告，又名少数报告），在时间管理局，此种任务最神秘，执行的人最少，难度最大。内容主要是杀灭各时代发明时光机的人，或进行新型时光机的试飞实验。

树状时间结构理论

正式名称为“倒树根状时间结构理论 II 型”。此理论的中心思想是，平行宇宙一定存在。即使没有“微调”介入，我们每天每人动念做一件事或不做一件事之间，已经分裂出两个宇宙：一个宇宙是我会做这件事，而另一个宇宙是我不会做这件事。于是，历史向下发展，就像根状一般，生出无数根须，根须再度分叉，又生出许多根须，无穷无尽。问题是，我们无法由一条根须跳到另一根须，必须先上游到“历史爆发点”，然后再选对航线航行，才可以到达。张大勇就曾比喻为“鲑鱼向上游”和“猴子从此树根跃到另一枝树根”。

彼岸

佛家用语，同时为时空世界用语。地球的文明循环为：一个文明覆灭，然后经历了数千年、数万年、甚至数亿年，另一个文明方才出现，例如恐龙文明与地球文明即相隔6500万年。

新文明的出现，理由很多：有些是大灭绝后幸存的冬眠人类，有些是自外星殖民回流，另一种则是靠时间跳跃进行的殖民。然而，能跳跃6500万年，是天方夜谭的事，故对遥远的未来文明，往往以“彼岸”称之。

两极穿隧剑

未来世界，用来开挖时空的专利隧道机。愈后的时空，愈难以时光机到达，未来世界遂开发了“穿隧计划”，以反物质强行打开黑洞，再把时光机送进去，前往目的地。后来巨大的穿隧机被缩小，成为可携式装置，辗转成为时空武器，后世称为“穿隧剑”，而由于由两把剑（本意是一把前往遥远古代，另一把前往遥远未来），目的地各走极端，遂又被称为“两极穿隧剑”。

后　　记

元朗 B 仔凉粉

为什么我爱写穿梭时空的题材？拜屯门公路所赐。

自毕业起，我便投身补习行业，十多年间，每天的工作就是来回全港不同分校授课。未有车牌以前，每次坐巴士入屯门，我最爱到上层坐，在人人都争取时间入睡或玩游戏的时候，我却睁大双眼，胡思乱想。

——如果，这架巴士的路线不是由荃湾到屯门，而是，嗯，由 23 世纪前往 50 世纪，不知路上的风光会如何？

——既然这样，那么时空旅行的方法，应该可以像坐地铁般，有一台时空列车前往不同时间。“下一站是宋朝，前往唐代的乘客可在该站月台转车。”“本班列车将不停侏罗纪，并以白垩纪为终点站，乘客必须……”然后车里有来自各时代的人……

终有一天，时间管理局前往 80 世纪的高铁落成通车，途经 21 世纪作转运站，我就是其中一位月票乘客，每个月到偏远的恐龙时代，与恐龙人洽谈西北大开发的合作计划。

我就在巴士上胡思乱想，许多点子就是那时候构思而成。

到考获车牌的时候，年少轻狂，爱半夜与友人入元朗吃 B 仔凉粉。凌晨 2 时在青马大桥上飞驰，看着桥上长长的灯光，宛若梦幻，这时我又在想，时空公路大概会是这样的吧？

而有好几次，我瞒着女友，独个儿驾到青衣这个大岛，在油鼓附近的小山上泊下车子，俯瞰灯火通明的煤气鼓，构思着23世纪的蓝图——在时空里会不会有一个独立的时代，完全不与其他年代衔接，就像一个小岛？

现在成年，不敢造次，只试过夜半完成笔记，实在太饿，驾车到佐敦翠华茶餐厅，吃个不知是宵夜还是早餐。

更多时候，下课后累累的，我把车子驶上公路，iPhone在随机播放旧歌，突然传来张学友的《再爱上你》，我的思绪，会瞬间回到中二全班同学到大屿山长沙宿营，某位同学拿着巨大喇叭，在播这歌的画面。回家泊好车后，我会摩挲着仍有余温的车头盖，对车子说："你果然是一台时光机。"

这就是我的时空穿梭。

而这本作品，也是一台时光机。

2001年，我写下《时界少年》，2014年，我出版《时空之王》大陆版，现实中我无法由少年变成王，但由23岁写到38岁，由刚毕业写到结了婚，一路走来，这也算是一种时光旅行的另类形式吧。

P. S.《时空之王》的书名，源于2001年，我与一群中学好友，曾商议设计一款网上游戏，故事设定主角穿越各时代遇上历史不同名人，有结盟有战争。在今天"穿越剧"泛滥的2014年，此游戏当然连影都没有，但我没辜负当年大家那场闹着玩的会议，遵守诺言，用另一个形式，推出《时空之王》。

萧　源

2014年3月1日